오숙자 수필집

강물처럼 흐르는 오후

강물처럼 흐르는 오후

오숙자 수필집

신세림출판사

강물처럼 흐르는 오후
출판에 즈음하여

뛰어나게 희고 아름다운 새가 백조입니다. 그런데 전하는 말에 의하면 백조는 모양은 아름답지만 노래는 전혀 못하는 새라고 합니다. 한 가지 일에 뛰어난 사람들은 꽤 많지만 두 가지 일에 뛰어난 사람들은 찾아보기 어렵습니다. 이번에 『강물처럼 흐르는 오후』를 펴내게 된 오숙자 교수는 뛰어난 미인인 동시에 뛰어난 작곡가로 알려져 있습니다.

"장미에는 가시가 돋쳐 있다"는 속담이 있습니다. 미인치고 성품이 좋은 사람을 찾아보기 어렵습니다. 그러나 오 교수는 언제 만나도 상냥하고 예의 바르고 아름다운 여성입니다. 그렇지만 우리로 하여금 그를 잊지 못하게 하는 것은 그의 작곡하는 능력입니다. 그는 작곡을 가르치는 큰 대학의 교수로서 학생들의 존경을 받아 왔습니다.

오 교수를 소개함에 있어 또 한 가지 자랑할 만한 특색이 있습니다. "글은 사람이다"라는 말이 있습니다. 글을 보면 사람을 알게 된다는 뜻일 겁니다. 나는 오래 전에 오 교수의 수필집을 읽고 크게 감동한 바 있습니다. 그의 글에는 느낌과 뜻만 있는 것이 아니라 음악도 곁들어 있습니다. 그래서 그의 글에는 감칠맛이 있다고 나는 생각합니다. 새 수필집의 출간을 축하하며 오랜 친분을 바탕으로 몇 자 적었습니다.

2018년 5월, 어느 화창한 날

친구 김동길 적음

작곡가 오숙자에 대하여

오숙자 교수는 '달이 떴다고 전화를 주시다니요' 등 주옥같은 200여곡의 가곡과 그랜드 오페라 '원술랑' 과 '동방의 가인 황진이' 등을 탄생시킨 여성 작곡가로 독보적 위치에 우뚝 서 있는 분이다.

그녀는 5살 때 화음을 스스로 깨우쳐 자의로 건반을 암보해 치면서 몸으로 터득한 鬼才였고, 그의 곡은 다이내믹하면서도 아름다운 서정과 우수도 깔려있으며 아세아 유럽을 포함한 10여 개국에서 작품 입선 내지 위촉을 받아 연주 발표하였고, 관현악곡 실내악곡 합창곡 등 많은 작품을 남겼으며, 지금도 열정적으로 지속적인 창작에 임하여 무수한 작품의 앞날이 예약되어 있는 작곡가이다.

경희대학교 음악대학 교수로 후학을 가르쳤고, 한국작곡 대상을 수상하였으며, 최근에는 한국가곡학회 회장, 우리가곡의 날 기념음악협회 부이사장, 한국음악저작권협회 이사로 있으며, 또한 침체된 가곡계를 회생시키기 위해 지금도 많은 작품을 창작하며 가곡 운동에 동분서주하고 있다.

저서로는 음악이론『번스타인의 음악론』과 에세이『강물처럼 흐르는 오후』, 새로 나온 감상곡 CD『찬란한 시간』으로 '피아졸라'에 도전하는 한국의 작곡가이다. 특히 그는 '우리 장단과 흥의 리듬은 가히 세계적이다'라고 주장하며 민요, 굿, 판소리, 탈춤에 내재된 우리 해학과 희로애락의 정서를 캐내어 현대적 감각으로 풀어내 작품에 나타내는 작곡가이기도 하다.

1980년~2000년대 아시아 및 유럽 등 여러 나라에서는 동양의 매력적인 정서를 '유니크'하고 탁월한 테크닉을 보여주고, 또한 예지력과 굵은 선을 지닌 작곡가로 평가받고 있다.

음악 평론가 **탁 계 석**

책머리에

　나는 바다를 좋아한다.

　바다는 끝나는 곳이 있어서 육지와 구분되기도 하지만 바다와 육지는 전혀 다른 개념으로 이해된다. 그러나 나는 바다를 육지의 연장선에 놓고 본다. 바다는 육지와 연결되어 있으므로 바다는 육지의 가장 가까운 친구인 것이다.

　누가 내게 나의 인생을 말해 보라고 한다면 대부분 음악에 대한 얘기만을 할 것이라고 생각할 것이다. 하긴 반평생을 오선지와 함께 살아왔으니 내겐 음악이 전부일 것이라고 생각하는 것도 무리는 아닐 듯싶다. 그러나 삶이란 것은 결코 어느 한 부분에만 치우치는 것이 아니다. 바다가 육지의 반대 개념이 아니라 육지의 연장선에 있는 것처럼 음악으로 대표되는 나의 삶은 음악 외의 부분이 더 소중할 수도 있다.

　오선지 위에 흐르는 음악은 매우 감성적인 것이지만 그것은 가장 이성적으로 절제된 감성이다. 이성적으로 절제한다는 능력, 그것이 바로 창작력이요 예술가의 힘일 것이다. 마찬가지로 예술이라 불리는 모든 창작들은 감성적으로 잘 다듬어진 이성의 덩어리다. 그러고 보면 삶과 예술은 다 같이 이성과 감성의 하모니를 추구하고 있다.

　나는 창작의 세계 속에서 삶과 예술의 틈에 끼어 무척 고독했었다. 고독이란 고통은 누구나 경험하는 것이지만 그것을 순화하는 것이 감성이냐, 이성이냐 하는 명제를 놓고 생각해 봤었다.

고독은 고통을 수반하고 있지만 또한 무한한 힘이 잠재되어 있었다. 고독은 영혼을 맑게 했으며 볼 수 없는 것을 보게 하고 들을 수 없는 것을 듣게 하는 힘이 있었다. 가슴이 저리고 살이 떨리도록 두렵기도 한 고독은, 말하자면 나의 귀중한 삶의 시간 시간들이 나의 창작 작품의 가치들로 치환되었다고 할 수 있다.

이와 같이 사람들은 다 저마다의 가치를 창출하고 산다. 그것이 바로 살면서 시간을 보낸, 삶을 살아온 대가로서의 값어치들인 것이다. 이미 시간으로서는 소멸된 과거들은, 그러나 애틋한 추억이나 아련한 그리움들로 자국들을 남기고 있다. 신비로운 이치가 아니겠는가.

그런 그리움들이 우리들로 하여금 과거를 돌아보게 만든다. 뒤를 돌아보아야만 이해할 수 있는 것이 인생이라는데 그러나 앞을 보고 살아야만 하는 것이 또한 인생이다. 오늘 정적의 밤이 지나면 폭풍처럼 격렬한 아침이 올지 모른다.

삶을 생각하고 노래한다는 것은 행복한 일이다. 오선지와 음부들을 그리다 남은 삶의 느낌들을 원고지 위에 글로 담았다. 음악이 이성으로 절제된 감성이라고 한다면 글로 쓴 에세이는 감성으로 다듬은 이성이란 표현을 쓸 수 있을 것 같다. 음악으로 표현하는 글이 있다면 글로 쓰는 음악이 어찌 없으랴 싶다.

음악처럼 느끼는 글이 되었으면 하는 바람으로 하얀 쟁반에 장미의 소망을 담아 놓는다.

2018년 6월 **吳淑子**

차례

오숙자 수필집 | 강물처럼 흐르는 오후

제1부 명기의 비밀

제2부 손을 잡으면 마음까지

제3부 인생을 예술처럼

제4부 영웅적 속성

구름이 지나가도

그림자 질 만큼 여리고 투명한 것이

사랑이다.

그래서 사랑을 하는 사람들은

가슴을 앓고 행여 사랑이 다치지 않을까

그림자 지지 않을까

두려워한다.

바이올린이스트 안네 소피

사랑하는 사람에게

사랑하는 사람에게 꼭 해야 할 것은 사랑한다고 말하는 일이다.

그러나 말이 쉽지 세상에서 제일 어려운 것이 내가 당신을 사랑한다고 말하는 일이다. 내가 그를 사랑하고, 내가 당신을 사랑한다고 말하고 싶은 열정이 가슴에 터질 듯 가득하지만 그 말 한 마디가 그렇게 어려운 것이다.

나는 그를 사랑하지만 그가 나를 사랑하지 않으면 어쩌나. 그것이 두려워서 하고 싶은 말을 하지 못한다. 그가 나를 사랑하거나 안 하거나 그것을 알기 이전에 내가 그를 사랑한다면 나는 그에게 사랑한다고 말할 자격이 있다.

사랑하는 사람에게 무엇이라고 말을 할까. 물론 내가 할 말은 당신을 사랑한다는 것이지만 그 소중한 말 한마디를 수식할 아름다운 말들을 더 갖고 싶은 것이다.

서점의 그 많은 책들 가운데 상당 부분을 차지하는 것이 시집들인데 예로부터 지금까지 꾸준히 시가 읽혀 오는 것은 아름다운 말들이 그곳에 담겨있다는 이유 때문이다. 또 여러 책 중에서 몇몇 유명 여류들의 수필집이 다수의 선택을 받는 이유도 글 속에 감미로운 맛이 담겨있기 때문이다.

이런 아름다운 글들을 찾는 첫째 이유가 바로 내가 누구를 사랑하게 된 까닭이다. 사랑하는 이를 위해 사랑을 배우고 사랑의 말을 찾

고 그리고 그 사랑과 사랑의 말을 전하기 위한 구체적 작업에 들어
간 것이다. 그러나 진정한 사랑은 사랑의 말로서 전하는 것이 아니
라 오직 사랑으로 보내면 그만이다.

내가 사랑의 고운 말들을 찾는 것은 그만큼 사랑을 아끼는 마음의
표현일 수 있다. 그러므로 사랑을 위한 노력은 많으면 많을수록 좋
다. 단지 그 노력의 효력을 이해하지 못하고 쓸데없이 열정의 낭비
를 가져오는 일은 없어야 한다.

사랑은 원래 색깔이 투명한 것이라서 순수성을 잃을 땐 쉽게 혼탁
해지고 만다. 그래서 사랑을 치장하려는 노력이 지나치면 원래의 색
깔을 잃기 쉽다.

사랑은 마음이다.
시인들은 사랑을 얘기할 때 마음을 내세운다.
김광섭 시인의 시 〈마음〉은 흔들리기 쉬운 마음을 물결에 비유하
고 있다.

> 나의 마음은 고요한 물결
> 바람이 불어도 흔들리고
> 구름이 지나가도 그림자 지는 곳

사랑도 그렇다. 구름이 지나가도 그림자 질 만큼 여리고 투명한 것
이다. 그래서 사랑을 하는 사람들은 가슴을 앓고 행여 사랑이 다치
지 않을까 두려워한다.

아! 내 마음이 왜 이다지도 저려오는 것일까.

사랑하는 사람에게 말을 하자. 사랑한다고 말을 하자. 시집까지 사지 않더라도 가판에서 파는 석간신문 한 장을, 또는 자판기에서 커피 한 잔을 사랑하는 사람에게 주자. 그것은 신문이나 커피 한 잔이 아니다. 내가 그를 사랑하는 마음이다. 사랑을 한다는 것은 이처럼 쉬운 일이기도 하다.

그래, 정말 사랑하는 사람을 위해 못할 게 없다. 무엇인들.

나는 김광섭 시 〈마음〉을 가곡으로 작곡했다. 이 가곡은 〈오숙자 예술가곡〉 음반에 메조소프라노 황화자 씨의 노래로 수록되어 있다.

두물머리의 나무

고독과 理性

사람들은 곧잘 고독을 씹는다고 한다. '씹는다'는 것은 반복형의 동사다. 음식물을 입에 넣고 계속해서 깨무는 것이 씹는 것인데 이 씹는 동작은 그 반복행위를 통해서 그 무엇을 즐기려는 것이라고 할 수 있다.

사람들은 왜 고독을 씹는 것일까. 고독을 씹으면 거기서 뭔가 즐길 만한 것이 나오기 때문일 것이다. 고독이란 때로 고통스런 것이라고 하지만 고독은 달콤한 고통을 수반한다는데 묘한 매력이 있다.

고독은 매우 감상적인 것이며 마치 안개 같이 포근하기도 하고 또 한 몽롱한 것으로, 자칫 사람들을 애매한 무아경으로 몰아넣는다. 많은 사람들이 고독은 자신의 전유물인 양 착각하지만 세상에 고독하지 않은 사람은 하나도 없을 것이다.

생의 긍정적인 철학자로 꼽히는 니체도 젊은 날에는 현실에서 깊은 환멸을 느끼고 고뇌했으며 그로인해 그는 고독했었다. 그는 삶에 대한 의혹과 고독으로 몹시도 방황하는 세월을 가졌지만 그가 자신의 삶을 승리로 이끈 것은 인간의 고독을 감성적인 것으로만 받아들이지 않았기 때문이다.

니체가 그의 명저 〈인간적인, 너무나 인간적인〉을 쓴 것은 그의 고독함 때문이었다. 니체는 고독을 즐기지 않았으며 고독을 씹지도 않았다. 그는 고독할수록 냉철한 이성(理性)으로 사물을 끝까지 인식하려고 노력했다.

사실 사람에게 고독할수록 멀어지는 것이 이성이다. 그러나 그럴 때일수록 이성을 붙들어야 한다. 이성은 차가움이다. 그러나 달아오르는 가슴에 이성이 자리 잡을 때 두뇌는 명철해 지고 두 눈은 사물을 올바르게 바라보게 된다.

고독을 씹는다는 것은 이미 고독의 포로가 되었다는 말이다. 사람이 고독을 느낄 때는 제일 먼저 음악을 찾는다. 고독을 감미롭게 부추기는 것이 음악이기 때문이다.

음악은 고통을 수반하는 마음의 균열을 찾아 그 틈새로 파고들면서 달콤한 충동을 가한다. 때로는 황홀하게, 짜릿하면서도 상처를 찢는 아픔을 동반하면서 사람을 무력하게 만들기도 한다. 그러나 이런 자기 파괴적인 고독에 굴종은 바람직하지 않다.

광을 내는 약으로 녹슨 청동거울을 닦아내듯이 이성으로 고독을 빛낼 수 있다. 고독할 때 이성과 손을 잡아보자. 고독은 찬란한 삶의 축복 같은 것이다. 진정한 고독의 축배를 들 수 있는 자가 최후의 승리자인 것이다.

가슴에 흐르는 강

헝가리의 부다페스트 시는 시가지 한가운데를 가로질러 흐르는 다뉴브 강에 새로운 다리 한 개를 더 건설했다. 준공식이 끝나고 사람들은 다리를 처음 건너가면서 얘기를 하고 있었다.

"돌다리도 두드려 보고 건넌다는데 이 다리는 얼마나 튼튼할까?"

"그야 테스트해 보는 좋은 방법이 있지요. 소련군 탱크를 불러다 다리를 건너게 하는 겁니다. 소련군이 무사히 건너가면 이 다리는 튼튼하다는 증명이 되지요. 그렇지 않고 다리가 무너진다면 그건 더 좋은 일이고…."

어딜 가나 풍부한 문화의 유산을 지니고 있는 헝가리는 공산주의의 압제만 받지 않았더라면 세계에서 가장 뛰어난 관광의 도시로 발전 했을지도 모른다. 어느 곳에든지 집시 음악이 흘러나오는 헝가리 수도 부다페스트는 공산치하에 들기 전에도 몽고, 터키, 오스트리아, 독일 나치의 잇단 지배를 받았으나 그 어떤 외침의 시달림 속에서도 민족적 전통과 낭만을 지켜온 고장이다.

부다페스트를 일컬어 세계에서 그중 경치 좋은 수도 가운데 하나라고 하는데, 그것이 바로 도시 가운데로 유유히 흘러가는 아름답고 푸른 다뉴브 강물 때문일 것이다.

강이 흐르는 도시는 아름답다. 미라보 다리 아래로 인생을 흘려 보내는 파리의 세느, 런던의 테임즈, 독일의 라인, 그리고 서울의 한

강…… 부다페스트는 다뉴브 강을 사이에 둔 부다와 페스트 두 지역이 합쳐져 이룬 도시다.

1세기경 로마인에 의해 세워졌다는 부다페스트는 여러 민족의 침략을 받았으며 13세기에는 몽고에 유린당했고 이어 150년간 헝가리를 통치한 것이 오스트리아의 함부르크 왕조인데 이때의 뛰어난 유물들이 지금도 그대로 남아있다.

2차 대전 때 이 도시는 피해를 보지 않은 건물이 거의 없을 정도였지만 끈기 있는 헝가리인 들은 과거에도 그러했듯이 꾸준히 그들의 문화적 유물들을 복원시켰다. 그래서 그들은 나라가 가난하더라도 문화적 유산만큼은 값진 골동품과 보물들을 잔뜩 소장하고 있는 셈이다. 그것들이 지금은 훌륭한 삶의 밑천이 되어주고 있다.

부다 쪽에 있는 13세기 고딕식 건물인 마짜슈 성당은 지금도 일요일만 되면 바하, 모차르트, 리스트가 작곡한 미사곡 합창곡을 들으러 오는 음악 애호가들로 만원을 이룬다고 한다. 레스토랑에서는 어딜 가나 슈베르트를 연주하는 현악 4중주와 집시 바이올린을 대할 수가 있다.

그러고 보면 부다페스트가 정녕 아름다운 것은 강물과 옛것과 음악 때문임이 분명하다. 비록 헝가리에 가보지 못한 이들도 리스트의 헝가리 광시곡이나 헝가리 광상곡을 통해 〈헝가리〉를 느끼고 있다.

리스트의 여러 작품 중 교향시 13개는 그것이 교향적이긴 해도 전통적인 형식에서 벗어나 있고 또 연주가 짧기 때문에 교향시라고 한 것 같다.

리스트가 〈헝가리〉란 두 개의 표제음악을 쓴 것은 고향에의 향수도 담고 싶었겠지만 집시 음악의 감각적인 음악의 주제들이 곡속에 담겨 있는 것은 집시음악을 또한 사랑했기 때문이라고 생각된다. 헝가리는 이러한 리스트를 통해서 옛것과 전통의 아름다움을 찾아볼 수 있다.

우리에게도 얼마나 아름다운 유산들이 우리 곁에 살아 숨 쉬고 있는지 모르겠다. 한강이 흐르는 서울은 축복받은 도시임을 더더욱 실감하게 된다.

정말로 환상적인 서울 랩소디를 남겨야겠다.

헝가리 다뉴브 강

명기의 비밀

사람에 따라 자기가 꼭 보유하고 싶은 것이 있다.

사랑에 빠진 사람은 하나뿐인 연인을 독차지하려 할 것이며, 올림픽의 결승전에 나간 선수는 반드시 금메달을 따려 할 것이다. 그런가 하면 바이올린이나 첼로, 비올라 같은 현악기를 연주하는 이들은 스트라디바리우스나 과르넬리 같은 명기를 갖고 싶어 한다.

스타라디바리우스! 값으로 쳐도 수십억 원대에서 상한선을 그을 수 없을 만큼 엄청나게 비싼 것이니 호사가로서도 탐을 낼만 하지만 진정 음악을 사랑하는 이들은 그 신비로운 음색 때문에 이 명기를 선망하는 것이다.

스트라디바리우스를 재현할 수는 없는 것일까.

현대과학의 집요한 추적에도 불구하고 17세기의 유명한 현악기 제작가 안토니오 스트라디바리우스의 비밀은 유례가 드물게 풀리지 않는 수수께끼로 남아있다. 오랜 동안, 그러니까 2백년이 훨씬 더 넘도록 스트라디바리우스란 이름을 지닌 그 최상품의 특출한 음색과 음량 그리고 아름다운 외형을 재현해 내려고 노력했지만 모두가 실패했다. 수십억 원대를 호가한다는 이 명기의 비밀은 장미의 향기처럼 그 정체가 묘연한 것이다.

구조상으로 볼 때 바이올린이란 일정한 양의 공기를 품고 있는 한낱 나무상자 울림통에 불과하다. 그러나 유독 스트라디바리우스라는 것이 그토록 신비로운 음향을 만들어 내는 데는 달리 할 말이 없다. 스트라디바리우스라는 것이 명기임에 틀림이 없는 것이다.

그러나 세상에는 명기가 스트라디바리우스만으로 국한되는 것은 아니다.

사람들만 해도 숱한 사람들 가운데 '명인'이 있게 마련이다. 일컬어 명인이란 재능이 특출한 사람을 말하는데 그들이 왜 특출한가 하는 것 또한 쉽게 가려낼 수는 없다. 다만 사람으로서 특출하다는 것은 자신의 재능과 노력의 접합으로써 살려내는 것이 아닌가 싶다.

모든 사람들이 명기를 탐한다면 자신 스스로를 명기로 만드는 일도 게을리 할 것이 아니다. 스트라디바리우스의 오묘한 음색에 감동했다면 자신의 신비를 개발하는 데도 마음을 써야 한다. 어느 연주자건 자신이 가장 잘 하는 악기는 자기가 늘 연주하는 자신 바로 그것이다.

자신의 신비를 캐는 명인이 되고자하는 노력이야말로 뜻하지 않은 보물을 캐는 시발이 될 듯싶다. 자신 만큼 좋은 악기는 세상에 다시없다.

명기의 비밀은 내 속에 있는 것이다.

지음(知音)

음악은 음(音)의 예술이다.

음악은 음악을 만드는 천재가 있는가 하면 그것을 뛰어나게 표현하는 천재가 있다. 앞의 경우는 작곡가일 터이고 뒤쪽은 연주가를 말하는 것이다. 그런데 재미있게도 음악의 세계에는 또 한 면의 천재가 있으니 그것은 음악을 제대로 들을 줄 아는 사람이다.

음악을 제대로 들을 줄 알게 되기까지는 음악을 사랑하고 이해하고 열심히 들어야 하겠지만 태어나면서부터 남달리 음악을 듣는데 출중한 사람이 있다는 사실이 묘하다.

이런 사실에 대해서는 일찍이 중국의 열자(列子) 탕문(湯問) 편에 한 일화가 소개되어 있다. 백아(伯牙)와 종자기(鍾子期) 두 인물은 서로가 친구이다. 백아는 뛰어난 거문고 연주자인 반면 종자기는 그의 음악을 들어주는 좋은 청중이었다고 할 수 있다.

그런데 종자기는 소리를 듣는 능력이 얼마나 뛰어난지 백아의 연주 소리만 듣고도 그의 속을 다 알아맞히는 것이다. 그래서 백아는 종자기에게 이런 말을 했다.

"자네의 귀가 얼마나 훌륭한가. 거문고 소리만 들으면 나의 모든 생각을 꿰뚫어 보니…."

우리 고사성어의 지음(知音)이라는 것이 바로 이것이다. 소리만 듣고도 속마음을 알아차리는 사이 즉 친구가운데서도 지극히 절친한 사이를 '지음'이라고 하는 것이다.

지금 음악회가 열리고 있다고 치자. 가장 성공적이고 감동적인 음악회가 되는 것은 무대와 객석 간에 이 '지음'이 이뤄질 때이다. 반드시 음악의 경우뿐만 아니라 모든 창작의 세계에서 지음은 매우 중요한 것이다.

단편소설이나 콩트 같은 것들 가운데서 특히 독자의 사랑을 받는 작품들은 작자가 독자의 심리를 잘 파악하고 있는 것들이다. 예컨대 오 헨리의 단편들은 뛰어난 반전으로 독자를 사로잡고 있는데, 이것은 작가와 독자 간에 지음으로 상승효과를 얻고 있다고 본다. 오 헨리의 명작 중에 〈크리스마스 선물〉은 가난한 부부간의 따뜻한 사랑을 그린 것으로 잘 알려졌다.

나보다 당신의 입장을 먼저 생각하는 것은 역지사지(易地思之)이다.

지음이건 역지사지이건 사람과 사람의 마음이 통한다는 것은 매우 값지고 소중한 것이다. 우리 사람과 사람 사이에 음악이 있다는 것은 사람끼리 따뜻이 교감할 수 있다는 의미도 된다.

지음!

소리를 안다는 것을 그래서 나는 자주 음미해 보곤 한다.

거문고

남몰래 흐르는 눈물

유리창을 때리는 빗물은 창을 맑게 씻어준다. 빗물에 씻겨 맑고 투명해지는 유리창을 바라보면 나의 영혼도 저렇게 씻길 수는 없을까 하는 생각이 떠오른다.

어찌 영혼을 맑게 씻겨주는 것들이 없을까….

빗물에 씻기는 창을 응시하는 눈은 영혼의 창이요, 그 눈에 넘쳐흐르는 눈물은 영혼을 씻겨주는 순결한 물이다.

눈물은 눈으로만 흐르지 않는다. 남에 눈에 보이지 않게 〈남몰래 흐르는 눈물〉은 너와 나의 영혼을 위해 흐르는 마음의 빗물이다. 남몰래 흐르는 눈물이 없는 이는 가슴이 메말라 버린 사람들이다.

내 가슴이 찢어질 듯 아프고 그 격렬한 고통은 지금은 참기 힘들지라도 하염없이 넘쳐흐르는 눈물이 그 상처를 씻겨주고 아물게 해 준다. 그러고 보면 눈물은 신비의 명약이다. 그러나 사람들은 미처 그것을 깨닫지 못하고 있다.

도니체티의 오페라 〈사랑의 묘약〉에 나오는 아리아 〈남 몰래 흐르는 눈물〉은 그 선율이 아름답고 애절한 서정성을 띠고 있기도 하지만 그보다 먼저 사람의 가슴속에 내재한 잠재의식이 〈남몰래 흐르는 눈물〉과 친근하기 때문에 대중적으로 사랑받는 인기곡이 된 것이라고 할 수 있다.

자신은 깨닫지 못하고 있지만 누구나 자신의 〈남몰래 흐르는 눈물〉을 통해 크게 위안을 받는다.

도니체티의 오페라 〈사랑의 묘약〉은 또 다른 작품 〈람메르 무어의 루치아〉와 함께 그의 대표작이라 할 수 있지만 〈사랑의 묘약〉이 무대에 오르는 경우는 그리 많지는 않다. 그러나 그중의 아리아 〈남몰래 흐르는 눈물〉만은 언제 어디서나 끊임없이 들리고 있다. 사람들은 이 아름다운 영창(詠唱)을 들으며 가슴 설레는 연민에 사로잡히기도 한다.

사랑하는 사람은 대개 아프기 마련이다. 사랑하는 사람을 위해서 내 가슴은 아프게 마련이고 그 사랑하는 사람 때문에 또 내 가슴이 아플 수밖에 없다.

그 아픔으로 뜨거운 가슴을 식혀주는 것이 남몰래 흐르는 눈물이다. 아름다운 음악으로 또한 〈남몰래 흐르는 눈물〉이 있다는 것이 얼마나 위안이 되는지 모르겠다.

사랑하는 사람들은 이 아리아를 많이 듣는다.

사랑하는 사람에게 보내도 좋은 노래일 것이다.

눈물

좋은 것을 만나는 기쁨

나는 영화를 좋아한다.

그것은 영화란 게 정말 좋은 것이기 때문이다. 하지만 영화라고 다 좋은 것은 아니어서 좋은 영화를 기대하고 있다가 좋지 않은 영화를 만났을 때의 실망은 말할 수 없이 크다. 그래서 주문하는 것이 좋은 영화를 만들어 줄 수 없을까 하는 것이다.

하지만 이러한 우리의 주문에도 불구하고 저질 저급의 영화가 또한 많다는 사실이 안타깝다. 일부러 좋지 않는 영화를 만들려는 이들이야 있을까 마는 영화를 만드는 사람들 자신도 뭐가 정말 좋은 영화인지 잘 모르는 경우가 허다하다.

어느 영화 평론가가 이런 제의를 했다.

"관객을 끌려면 이런 영화를 만드는 것이 어떻겠소?" 하는 것이다.

내 마음에 드는 얘기이기에 주된 것들만 추려보면 대충 이렇다.

비열한 인간보다 이상적인 인간형이 많이 나오는 영화, 보다 품위 있고 덜 저속한 영화, 섹스는 원색적으로 처리하지 않고 보다 심미적인 영화, 보다 뛰어난 상상력을 요구하면서 덜 노골적인 영화, 좀 더 다채롭되 산만하지 않은 영화, 수치심을 유발시키기 보다는 유머가 풍부한 영화 같은 것들이다. 그럼에도 저질, 저급, 저속한 영화가 나오는 이유가 뭔가. 그것은 영화를 영화다운 영화로 평가받기 이전에 관객들을 손쉽게 잡으려 들기 때문이다.

섹스면 섹스, 폭력이면 폭력이지 무슨 자질구레한 잡생각이 필요하겠느냐며 관객에게 말초적 자극을 시도하는 것이다.

"수컷은 교미 후에 슬픔을 느낀다."고 한다. 저질영화를 보고난 뒤에 감상이 그와 비슷한 것이 아닐까.

오래전 영화이지만 〈미스터 로버츠〉에서 잭 레먼을 보면서 기분 좋게 웃는 관객들이 많을 것이다. 〈투시〉에서 본 진솔한 유머는 오래 여운이 남는다. 보고나면 애틋한 미련이 남기도 하고, 상쾌한 뒷맛으로 발걸음이 가벼워 지는 것들도 있다.

〈죽은 시인의 사회〉는 현대 교육제도의 맹점과 사회를 비판한 영화로 보수적인 남자 사립 고등학교를 배경으로 우리나라처럼 입시 위주의 교육제도로 인해 자유를 말살당한 학생들에게 진정한 삶의 가치를 일깨워주는 교육관으로 매우 감동적인 영화다. 로빈 윌리엄스(키팅 선생 역)의 "현재를 즐겨라"는 명대사가 인상적이다.

우리나라의 좋은 영화로서는 흥행과 관계없이 〈오아시스〉, 〈집으로〉, 〈고양이를 부탁해〉 등 많은 영화들이 있다. 이런 것들을 일컬어 명화라 한다.

이 시대는 호모 사피언스에서 호모 사이버그 시대에 와 있다. 따라서 이 시대에 맞는 〈트랜스포머〉와 같은 초능력인 SF 영화가 대세를 이루고 요즈음에 와서는 특히 〈블레이드 러너 2049〉, 〈에이 아이(AI 2001)〉, 〈더 문(2009)〉 등 영화들이 있다. 공통점은 우여곡절 첨단 사이버그 전투 끝에 선하고 진실과 정의가 승리한다. 그런데 최신 SF 영화 중에서 〈쥬피터 어센딩〉은 외계와 지구를 배경으로 인류를 구할 영웅이 외계인이라는 설정이다. 우리나라 여배우 배두나 씨도 출연하는 영화다.

한 편의 좋은 영화가 우리를 얼마나 행복하게 해 주는가를 굳이 따질 필요는 없다. 그러나 좋은 영화를 만나면 우리는 기분이 좋아진다. 또한 영화를 통해서 미래의 세계를 상상할 수 있게 한다.

늘 좋은 것들을 만나 좋은 삶을 살았으면 좋겠다. 그러기 위해서는 다들 좋은 것들을 만들어야 한다. 좋은 시와 글, 아름다운 음악…….좋은 것을 만들어 준다는 것은 선을 베푸는 일이다.

그것이 베풂이다. 좋은 베풂은 나에게 또다시 좋게 돌아오기 마련이다.

노래의 나래를 타고

누구나 아름다운 곳을 동경한다.

이 세상에서 정녕 아름다운 곳은 어디일까. 누구는 남태평양의 발리가 환상적이라 하고 더러는 하와이를 가봐야 한다고 하며, 또 어떤 이들은 설원의 히말라야나 알프스를 꼽기도 한다. 살다 보면 그렇게 좋은 곳에서 영영 살지는 못해도 잠시 여행이라도 다녀오고 싶은 곳이 한 두 곳이 아니다. 그러나 그 여행이라는 것도 쉽지만은 않다. 어디 돈 안 들이고 시간 안 쓰고 꿈처럼 그렇게 여행을 다녀오는 방법은 없을까. 복잡하게 생각할 것 없다. 이런 모호한 질문에는 꿈 같은 대답이 정답이다.

노래의 나래를 타면 된다.

베르디의 오페라 〈라 트라비아타〉는 로맨틱하고 감미롭지만 특히 2막 중 바리톤 죠르쥬 제르몽의 아리아 〈프로방스 내 고향으로〉는 그 서정성이 뛰어나 깊은 감동을 안겨준다. 그 아리아의 가슴깊이 울리는 여운 때문에 사람들이 아름다운 고장 프로방스를 연상하게 된다. 몇 년 전 프랑스 남쪽 국도 길을 따라 프로방스 지방에 잠시 들렀을 때 〈프로방스 내 고향으로〉 아리아를 계속해서 흥얼거리며 불렀듯이 이 노래를 들을 때마다 프로방스 풍경들을 연상하게 된다. 프로방스는 눈부신 햇빛, 향기로운 공기, 그리고 태고의 따스함이 넘치는 강렬한 태양의 고장이다.

파리에서 기차를 타고 남으로 몇 시간 달리다 보면 차창 사이로 로즈메리, 사향초, 노간주나무, 세이보리와 잡풀들이 풍기는 향긋한 시골냄새가 스며든다. 차창을 열면 향수의 원료로 쓰이는 라벤더가 만발한 들판과 이상하게 생긴 덩굴 식물들이 꾸불꾸불 몸통을 비틀고 있는 모습이 비쳐든다. 반 고흐의 그림에서 이런 나무들의 모습을 볼 수가 있다. 고흐가 과장하지 않았나 싶었던 그 나무들은 실상 그렇게 생겨 먹었다. 남부의 축복받은 땅은 그 무성한 포도나무와 벚나무 복숭아나무를 키워내고 멜론 밭도 여기저기 펼쳐 놓았다.

태양이 익힌 과일이 사람들을 축복하는 곳이다. 지붕이 있는 어시장의 널빤지 위에서는 싱싱한 생선들이 보석처럼 반짝거리며 펄떡거리고 있다.

나는 일찍이 시골에 살고 싶다는 환상을 가져보지 않았었다. 그러나 프로방스를 보고 반 고흐가 낙원같이 빛이 넘치는 세계에 얼마나 탐닉했는가 하는 짐작을 해 봤다. 하늘이 청색이라 모든 것이 푸르다. 이 프로방스에 살아보고 싶었던 그 마음이 지금 북한강변 전원에 살게 된 시발이 되었던 것이다.

오페라 〈라 트라비아타〉는 감미로운 사랑과 이별의 비극을 그리고 있다. 사랑하는 이를 잃고 상심한 알프레도에게 아버지 죠르쥬는 아름답고 햇빛 찬란한 프로방스 고향으로 돌아가자고 노래한다. 프로방스의 그 향기로운 풍광이 이런 아름다운 선율을 낳은 것 같다.

노래의 나래를 타고 떠나는 여정은 감미롭다. 그 곳이 어디 프로방스뿐이랴. 쇼팽의 피아노와 관현악을 위한 〈폴란드 민요에 의한 환상곡〉, 크라이슬러의 바이올린을 위한 〈중국의 북〉, 리스트의 〈헝가리 광시곡〉, 레스피기의 교향시 〈로마의 분수〉와 〈로마의 소나무〉,

〈브라질의 인상〉이 있고 미 대륙을 표현한 드보르작의 교향곡 〈신세계〉와 현악4중주 〈아메리카〉, 쇼스타코비치의 부수음악 〈러시아의 강〉, 차이콥스키의 관현악곡 〈이탈리아 기상곡〉 등 음악으로의 여행은 수 없이 이어진다.

노래의 나래를 타고 어디든 떠나보자.

프로방스 라벤더

카사노바

나는 흔히 사람들의 입에 오르내리는 〈카사노바〉에 대해 사실은 별로 아는 게 없다. 그가 어떤 작품의 주인공이 아닌가 생각하고 있었는데 실재의 인물이라고 한다. 카사노바에 대해서는 그가 뭇 여성의 마음을 사로잡았던 세기의 바람둥이 정도로 알고 있는 것이다.

명성대로 그가 그토록 대단한 플레이보이라면 아주 잘생긴 미남자가 아닐까 하는 추측을 갖고 있었는데 알아보니 결코 미남은 아니었다. 판화에 담긴 실제 모습을 보면 18세기 고전파 시대 음악가들의 초상과 비슷한 느낌을 준다.

고전파 시대의 거장이라면 하이든, 모차르트, 베토벤을 들 수 있겠는데 연보로 따지자면 1725년에 태어나 1798년에 생을 마친 카사노바도 이들과 거의 동시대에 살았던 것이다.

사람들은 카사노바를 바람둥이나 플레이보이 정도로만 인식하고 있지만 알고 보면 그는 고금을 통한 위대한 모험가였으며 풍부한 학식과 사람을 끄는 매력으로 부자와 지도자들 사이에서 인기를 누렸다고 한다.

그는 번득이는 재치와 날카로운 통찰력을 지니고 있었으며 자신의 회고록 〈내 생애의 역사〉를 비롯한 12권의 책을 쓰기도 했다. 188cm의 키, 운동선수 같이 다부진 몸매에 강렬한 인상을 주는 검은 눈, 큼직한 매부리코, 감각적으로 생긴 입술을 지녔으며 음식이든 술이든 놀라울 만큼 많이 먹는 대식가에다 도박을 즐겼다고 한다.

공부도 썩 잘해서 열일곱 살에 민법과 교회법으로 박사학위를 땄고 일찍이 성직자의 길을 택해 잘만 풀렸으면 그는 그야말로 존경받는 인물로 역사에 기술되었을 것이다. 추기경의 비서로 로마 교황청에서 크게 출세할 기회까지 잡았던 카사노바는 그만 교황의 조카 애닌을 유혹하다 들통이 나 로마에서 추방을 당하고 만 것이다.

방탕한 시대적 환경 탓이었는지, 아니면 타고난 팔자 때문이었는지 모르지만 하여튼 그는 평생 직업도 없이, 일정한 수입도 없이 풍운아로서 일생을 떠돌며 살았다.

새로운 이상향을 추구하던 18세기는 당시 군주들이 예술을 육성하는데 앞장서 고전파 음악의 전성기를 이룩했던 것인데 줄만 잘 탔더라면 카사노바도 풍운아가 아닌 악성 카사노바로 명성을 얻었을지도 모를 일이다.

카사노바는 베네치아 어느 극장 교향악단의 바이올린 주자로 일할 만큼 음악에도 조예가 깊었었다. 그러나 그는 떠돌이 악사였다. 그는 재주가 너무 많은 것이 탈이었다. 그는 뛰어난 재담가였고 그 다양한 재주가 여인들을 사로잡았으며 걷잡을 수 없는 연애 행각이 이어졌다. 그는 결혼이 〈연애의 무덤〉이라며 평생 결혼을 하지 않았지만 어찌 보면 여자의 품이 그의 인생의 무덤이 아니었나 싶다.

만년의 그는 체코슬로바키아 보헤미아의 외딴 지방에서 한 젊은 영주의 도움으로 조용히 일생을 정리했다. 따뜻하고 화창한 보헤미아의 봄날 카사노바는 73세의 나이로 세상을 떠나면서 이렇게 말했다.

"나의 긴 생애를 돌이켜 보면 불행했다기보다는 역시 행복했다.

나는 하느님께 감사드리고 내 자신을 축하한다."

　이것은 그의 묘비명이기도 하다. 그의 말대로 그는 축복 받은 생을 살았는지도 모르겠다. 그리고 연애란 불행하기보다는 행복한 것이라고 결론을 내릴 수도 있지 않을까.

　아쉬운 것은 그의 재능이 한 곳으로 정착하지 못한 점이다. 누가 그를 안주시켜 그로 하여금 음악 속에 살게 했더라면 그는 정말 아름다운 사랑의 선율을 세상에 남기지 않았을까 싶다.

　많은 여인들이 카사노바를 사랑했던 것은 그의 남성이 아니라 재능이었던 것 같다.

카사노바

국민 슬픔

몇 년 전 우리는 아주 큰 슬픔을 겪었다.

TV의 뉴스나 신문을 참아 보는 것을 회피할 정도이다. 다시 말해서 국민 배우, 국민 가수가 아닌 국민 슬픔을 겪고 있다. 돼지나 소의 질병으로 한두 곳으로 끝나려니 했었는데, 전국적으로 퍼지고 이백만이라는 어마어마한 숫자의 돼지와 소, 또는 닭과 오리가 생으로 죽어가고 있다. 이 소식을 들을 때마다 가슴이 메어져서 뉴스채널을 돌리곤 했다.

어째서 이런 재앙이 오는 걸까?

나는 모든 생명이 동등하게 살 권리를 평소에 주장하고 있었다. 생명을 가진 동물들은 모두 다 나름대로의 살 가치와 권리가 있다.

전원에 살면 집안에는 가끔 먹이를 찾아 쥐나 다람쥐 또는 귀뚜라미, 거미, 개구리, 두꺼비, 심지어는 지네까지도 집안으로 들어온다. 마당에 들어오는 뱀, 무서운 말벌, 족제비, 고라니 등을 한 번도 죽여 본 적이 없다. 아니, 죽일 권한이 없다.(가끔 우리 개들이 꿩도 잡고 족제비도 잡고 쥐도 잡곤 했지만) 집안에 들어온 것들은 종이컵에 조심스레 담아서 밖의 숲에다 그대로 보냈었다. 왜냐하면 얘네들도 이 세상에 살만한 목적과 의미가 있다는 걸 알기 때문이다.

그런데 농장주들이 자식처럼 아낀다는 소나, 돼지들이 왜 이처럼 전국적으로 죽어가야 하는 걸까? TV에 농장주들은 자식 같은 소와 돼지를 묻고 눈물을 흘리고 있다. 누구라 해도 악몽에 시달려 아마도 제정신이 아닐 것 같다. 이것을 방역문제로 정부를 탓해야 하는 걸까? 아니면 어디서부터 온 세균인지 그것을 탓해야 하는 것일까? 그 원인을 잘 생각해 봐야겠다.

나는 결론을 내릴 수밖에 없는 그 믿음에 가슴이 아팠다. 일부의 농장주들 빼고는 대부분이 얼마나 비위생적이고 더럽고 열악한 환경 속에서 소나 돼지들을 키우고 있다는 사실을 알게 되었다. 심지어는 돼지를 살찌우고 연하게 하기 위해 쇠틀 속에 앉지도 걷지도 못하게 하고, 아무렇게나 더러운 환경 속에 먹이만 주고는 깨끗하게 제대로 정리하지도 않고 냄새 나는 우리 속에서 생지옥처럼 소나 돼지들이 살고 있었다. 그들을 진정 자식처럼 키웠는가 라고 묻고 싶다.

그런 환경 속에서 조금만 이상이 있으면 항생제를 마구 놔주고, 목숨을 유지하게만 하는 것이 아닌지 묻고 싶다. 세계 어디를 비교해 봐도 대체로 우리들의 농장은 완전히 냄새 나고 더러운 생지옥이다. 이런 환경 속에 없는 균도 생기기 쉽고 온갖 질병이 찾아오기 좋도록 되어있지 않은가?

적어도 생명을 키우고 다루는 농장주들은 지금까지의 방법을 완전히 바꾸어야 하며 정부에서도 어떤 위생적 기준을 세워 그에 맞도록 허가 및 지원을 해 주어야 한다. 소중한 가축들을 진정 자식처럼 생각한다면 그처럼 마구 비위생적으로 키울 수 있겠는가.

인간의 탐욕은 말 못 하는 소나 돼지들을 최소한의 위생시설도 투자하지 않고 마구 더럽게 키우면서 이익에만 급급하지 않았는지 실로 많은 생각을 해 봐야 할 일이다.

다시 말해서 인간의 탐욕이 또 말 못하는 동물들을 마구 대하는 인간이라는 특권을 행사함으로 이러한 재앙이 온 것이 아닐까. 다시금 사람의 입장에서만이 아닌 가축의 입장에서 생각해 보는 기회가 되었으면 간절히 바라는 마음이다.

요즈음 다시 조류 인플루엔자로 인해 수많은 닭들이 생으로 죽음을 맞는다. 역시 이런 재난을 받지 않는 모범적인 조류 농장들은 매우 정결하게 관리할 뿐만 아니라 닭들의 생활공간을 여유 있게 해주고 보온과 보냉 시설을 해주고 최선을 다해 정성으로 키운다는 사실이다.

불결한 환경으로 생겨나는 세균들은 점점 내성이 생겨 웬만한 약으로도 죽지 않을 수도 있지 않을까. 이러한 재앙은 앞으로 무섭게 찾아오지 않으리라는 확신이 없다. 이러한 두려움이 앞서는 것은 나만의 기우일까….

다시 한 번 근본적인 냉철한 반성과 새로운 각오와 준비가 있어야 한다.

거꾸로 보는 삶

날씨가 계속해서 추위로 이어지더니 봄으로 접어든 듯 하다가도 4월 꽃이 피는 계절에 다시 눈 내리는 추운 겨울로 접어들고 다시 봄이 오나 싶더니 갑자기 외투를 벗고 여름이 온 듯한 무더운 날씨.

언제부터인지 우리나라의 전형적인 날씨인 3한(寒)4온(溫)은 사라지고 입춘이 지났건만 거꾸로 겨울로 달아나듯 급작스럽게 추위와 엄청난 눈이 내리고 또한 추위로 경직되어 우리들 마음도 이것 아니면 저것 식으로 흑백론으로 갈리어 그 사이를 이어주는 따스한 이음새 같은 가교가 사라지는 느낌이다.

이처럼 거꾸로 달리는 날씨를 보며 대우주 자연이 말해 주는 또 다른 의미와 조짐을 볼 수 있는 혜안을 진지하게 가져야겠다는 생각이 든다.

오래 전에 마이클 제이 폭스 주연의 〈Back to the future〉란 영화는 3편이나 나와서 흥미를 준 영화이다.

1편은 시간의 과거로 돌아가서 자신의 존재를 구한다는 이야기,

2편은 미래의 여행 후 발생한 과거와 현재의 변화를 다루었고,

3편은 해결된 시간 여행의 결론인데, 미래는 현재의 행동에서 변화 한다는 뜻을 다룬 영화이다. 물론 현실성 없는 줄거리라지만 역시 시간을 거꾸로 보는 관점에서 영화의 스토리가 구성되어 하나의 영화작품이 탄생되기도 했다.

모든 창조는 평범한 사물의 관조(觀照)에서 그 빛을 찾듯이 보이지 않는 이면을 보거나 또 사물을 거꾸로 볼 수 있는 마음 역시 새로운 창조의 시발이 아닌가 싶다.

길모퉁이를 무심코 굴러다니는 작은 돌 하나에도 어떤 이는 낙석 (落石)으로 느끼며, 또 어떤 이는 옥석(玉石)으로 느낄 수 있다고 한 발 자크의 사실주의(寫實主義)의 교훈이 생각난다.

남들은 삶의 일터에서 열심히 작업에 몰두할 때 어떤 이들은 조용히 꿈을 좇아 한 줄기의 창조적 가닥을 잡으면서 창작으로 최고의 현실로 이루려는 삶도 있다. 반드시 어느 형태이건 다 충분한 가치를 이루고 있다. 중요한 것은 이어져 오는 기존질서의 삶 형태 이면에 대한 가능성을 보는 삶이 참으로 창조적일 때가 많다. 더러는 생각에 잠긴 몽환적인 이런 삶이 하나의 창조적 시발을 발견한다는 것이 중요하다.

사물을 거꾸로 보는 힘, 늘 들려오는 소리를 거꾸로 듣는 힘, 거기에서 상상과 새로움을 발견하는 긍정적 믿음이 진정 값진 것을 잉태하기도 한다.

제2부

손을 잡으면
마음까지

그대가 만약 손을 잡아

내 마음이 따뜻해지는 사람이라면

나와 그대는

또한 얼마나 행복할 것인가.

손을 잡으면

손을 잡으면 마음까지

가슴이 따뜻한 사람이 좋다. 예컨대 모양이 똑같은 두 개의 난로가 놓여있을 때 한 쪽은 불이 지펴있고 또 한 쪽은 빈 것이라면 우리는 그것을 만져보지 않고도 식별할 수 있다.

사람도 마찬가지다. 따뜻한 사람과 차가운 사람은 외형만으로도 구분이 간다. 그래서 차가운 사람은 때로 교활함으로 자신을 위장하기도 한다. 그러나 그러한 위장은 쉽게 들통이 난다.

거의 30년쯤 전일 것이다. 혜화동 쪽 성균관대 입구 부근에 이름이 재미있는 조그만 카페가 있었는데 '손을 잡으면 마음까지'라고 했다. 이름이 마음에 들어 한 번 가봐야지 했었는데 끝내 가보지 못했다. 생각했던 것과는 달리 조그맣고 평범한 젊은이들의 휴식처에 불과 했을지도 모른다. 차라리 안 가본 게 다행일 수도 있다. 그러기에 지금도 내 마음속에 그 따뜻해 보이는 상호가 기억되고 있지 않은가. 하지만 또 그곳에 가 봤어도 또한 좋았을지도 모른다.

어찌했건 손을 잡으면 마음까지도 통할 그런 일들이 우리 주변에서 언제든지 생길 수 있다는 생각을 심어줬다는 사실이 내게는 무척 고맙다.

손을 잡으면 마음까지 통하는 것이 무엇일까. 우선은 따뜻함이다.

사람은 누구나 36도가 넘는 체온을 지니고 있지만 따뜻함이 전달되는 것은 사람에 따라 다르다. 원래 따뜻한 사람이 있기도 하겠지만 두 사람이 손을 잡을 때 그 가슴 속에 활활 타오르는 불길이 손에서 가슴으로 따뜻함을 전하게 되는 것이 아니겠는가.

많은 사람들이 악수를 하지만 그것은 그저 손을 잡는데 그치고 만다. 사실은 손을 잡는 것이 중요한 것이 아니라 마음으로 통하는 것이 절실한 것이다. 그대가 만약 손을 잡아 내 마음이 따뜻해지는 사람이라면 나와 그대는 또한 얼마나 행복할 것인가.

음악은 사람과 사람의 마음을 연결해주는 무선교신의 역할을 한다. 그러나 손과 손을 잡아 마음과 마음이 통한다면 그건 유선연결이 아닌가.

손을 잡으면 마음까지 통하는 우리 그런 사이가 되고 싶다.

두 명의 사과장수

전철역 앞에 두 명의 사과장수가 있었다.

이 두 노점상은 자리를 나란히 잡고 있었는데 분명히 한 쪽은 영리하고 한 쪽은 우둔했다. 한 쪽은 빛깔 좋고 큼직한 사과를 싸다 싶은 가격으로 팔고 있는데, 그 옆에서는 그보다 못해 보이는 것도 같은 값을 매겨놓고 있었다.

싸게 파는 것이 바보짓일까. 어수룩해 보이긴 하지만 옆 사람보다 싼 값으로 사과를 파는 이는 어제도 오늘도 일찌감치 팔 만큼 팔고 판을 거둬들였다. 옆의 친구는 사과가 팔리지 않아도 함께 판을 거두곤 하는 것이었다.

"그것 참 묘한 조화로군."

나는 푸치니의 〈토스카〉 1막 중의 아리아 〈오묘한 조화〉를 머리에 떠올리면서도 이들이 한 통속인 줄을 눈치 채지 못했었다. 그들이 한패거리였으며 소비자를 유혹해서 더 많은 사과를 팔려고 한 쪽은 쇼를 하고 있었다는 사실을 나는 한참 뒤에서야 깨달을 수 있었다. 이런 발상은 TV 콩트에서도 볼 수 있는 것이었는데 내가 어수룩했던 것이다.

내가 아는 꽃집에 들렀을 때 그 화려한 꽃들 가운데 별로 시선을 끌지 못하는, 그저 수수하기만 한 수선화가 섞여 있는 것을 보고 나는 의아해 했던 것이다.

"아니 여기 이름처럼 수수한 수선화가 웬 일이에요, 이 꽃도 팔립니까?"

수선화 같이 수수한 꽃을 사가는 이도 있나 싶어 물어 봤던 것이다.

"그건 팔리지 않죠. 하지만 수수한 꽃을 놔두면 옆에 있는 다른 꽃들이 훨씬 아름다워 보입니다."

음악에서의 편성도 그렇다. 화려한 음색을 가진 악기가 있는가 하면 뚝배기 같이 탁하고 텁텁한 느낌을 주는 악기도 있게 마련이다. 그리고 그들이 어우러져 하모니를 연출하는 것이다.

요즘 사람들은 연필을 그다지 대수롭게 생각하지 않는다. 볼펜인가 하는 새 필기구에 밀려 별 볼일 없어진 탓도 있지만 연필이건 볼펜이건 간에 이런 간단한 기구에 사람들은 별로 신경을 쓰지 않는다.

사람들은 아무 생각 없이 남의 책상 위에 놓여있는 연필을 집어가기도 하고, 거기다 회사상호며 음식점 이름들을 새겨 넣어 광고용으로 쓰기도 한다. 사람들은 이런 것 한두 개 쯤 잃어버려도 결코 대수롭게 여기지 않는다. 하지만 이 볼펜이라는 게 없었다면 사람들은 어떻게 했을까. 외과 의사가 환자를 수술할 때도 몸에 볼펜으로 선을 그린다.

여인의 드레스를 재단하든, 화가가 데생을 하든, 작가가 줄거리를 구상하든, 작곡가가 불현듯 떠오르는 한 도막의 악상을 정리하든 연필과 볼펜 없이는 되는 일이 없는 것이다.

한 자루의 연필로부터 그려진 악보를 들여다보면 거기엔 또 한 술 더 떠 그 어떤 소리도 나지 않는 한 점의 쉼표 같은 것도 있는 것이다.

   인간의 역사 속엔 과소평가되고 무시되는 수많은 것들이 있지만 인간의 존재만은 저마다의 존재 이유와 가치를 지니는 것이 아닌가 싶다. 중요한 것은 분명히 자신의 위치를 아는 그 가치들의 조화인 것이다.

장미 한 송이

오래 전부터 내가 아는 미스 황은 나이가 40살이 가까우니 '여사'라 칭해야 될 듯싶지만 나는 '미스' 쪽이 왠지 정겹다.

미스 황은 한번 결혼한 경력이 있지만 재력도 있고 다정다감한 40대 초의 새 남자 한 사장을 만나 장밋빛 인생을 설계하고 있었다. 두 사람은 반 동거 반 약혼의 사이였는데 남자 쪽도 여자 쪽도 애틋한 사랑의 감정마저 제법 쌓이고 해서 보기 좋은 쌍이라는 얘기를 듣기도 했다.

한 사장은 말 수가 적었으나 한 주일에 한 번씩 미스 황에게 장미꽃을 보내곤 했다. 꽃 배달은 동네 꽃집의 마음씨 좋은 주인 노인이 아르바이트 하는 학생들을 시켜서 보내곤 했는데 굳이 누가 꽃을 보낸다는 얘기는 하지 않았다. 꽃을 누가 보내고 받는지 서로가 짐작을 하고 있었기 때문이다.

그런데 언제부턴가 딱한 일이 생겼다. 한 사장이 미스 황에게 보내는 장미꽃의 배달 회수가 뜸해지다가 뚝 끊기더니 한 사장에게 새 신부감이 생겼다는 얘기가 떠돌기 시작했다. 상대는 유능한 한 사장에게 걸맞게 몹시 아름답고 젊은 여자라고 했다.

미스 황은 약혼자로 여기고 있던 한 사장에게 멋지게 차인 꼴이 됐는데 사람들은 더러 한 사장의 배신을 두고 몰염치한 인간이라고 하기도 하는가 하면 또 한편에서는 으레 그럴 수밖에 없는 일이 아니냐며 남자의 입장을 두고 그를 두둔하기도 했다.

어찌했건 크게 상심하고 살맛조차 잃어버린 것은 미스 황이었다. 그녀는 한동안 식사도 제대로 하지 않았으며 초췌하고 초라해진 얼굴에서는 화장기마저 사라지고 말았다.

그런데 묘하게도 어느 토요일, 그것은 토요일 한 번에 그친 게 아니고 그날부터 계속해서 미스 황에게 다시 장미 한 송이씩이 매주 배달되기 시작한 것이다. 살맛이 가신 미스 황은 처음엔 "웬 시답잖은 장미냐?"면서 반발했으나 차차 시간이 지나면서 그녀는 어느덧 꽃을 기다리는 토요일을 갖게 된 것이다. 그녀는 이 꽃이 배신은 했지만 그래도 마음 한 구석으로 자신을 잊지 못하는 한 사장의 비밀 행위가 아닐까 하여 그에 대한 증오심을 늦추곤 했다.

그리고 세월이 흐르면서 미스 황은 자신에게 상처를 준 남자로부터의 아픔을 차차 잊기 시작했고, 마침내는 케이크 점을 경영하는 소박한 남자에게로 시집을 가 소박하게 살게 됐다. 미스 황은 크게 행복하지는 않았지만 불행하지도 않았고, 산다는 맛에 제법 익숙해져 사는 맛을 아는 여자가 되고 있는 자신을 발견하고 있었다.

그 무렵 꽃 배달은 다시 중단되었다. 그동안 누가 미스 황에게 꽃을 보냈을까? 그리고 그 상심한 가슴에 아련히 삶의 향수를 불어넣어 주었을까? 그 비밀을 아는 것은 꽃집 주인 뿐이었다. 미스 황에게 꽃 얘기를 들은 사람들은 모두 그것이 죄 지은 한 사장일 가능성이 높다고 추리했지만 그런 얘길 들을 때마다 꽃집 노인은 알듯 모를 듯한 미소를 흘려보낼 뿐이었다. 꽃집 주인은 자신으로 하여금 미스 황에게 장미를 보내 주도록 의뢰한 장본인인 그 아름다운 여인의 얼굴을 떠올리며 "세상엔 용모만큼 마음씨도 아름답고 너그러운 여성이 있구나. 세상이 그리 각박한 것만은 아니구나!"하는 사실에 무척 다행스러운 듯한 표정을 짓곤 했다.

미스 황에게 장미꽃을 보낸 것은 한 사장이 아니었다. 장미를 보낸 이는 한 사장과 결혼한 그의 젊고 아름다운 아내였다. 그녀는 자신으로 인해 상심하고 가슴을 앓게 된 미스 황에게 "좌절하지 않으면 장미의 가시와 더불어 향기도 공존한다."는 사실을 알리며 위로와 격려를 보낸 것이다.

꽃을 보낸다는 것, 꽃을 본다는 것, 그리고 향기를 맡는다는 것이 삶을 얼마나 더 가치 있게 하는가는 실제 경험을 해봐야 안다. 꽃처럼 구태여 누가 누구에게 보내지 않아도 가슴에서 가슴으로 전해지는 음악 같은 것도 있지 않은가.

음악을 보내 보자!

음악을 들려주자!

장미 한 송이

아름다운 여자

이 세상의 모든 아름다운 것 중에서 가장 으뜸이 되는 것은 여자의 아름다움이 아닐까 생각해 본다. 옛말에 여자의 아름다운 얼굴을 보면 연못에 놀던 고기가 물 밑으로 숨고 하늘을 날던 기러기도 떨어진다 했다. 한자 성어로 폐월수화(閉月羞花)라는 것도 있다. 미인을 보면 달이 구름 속으로 숨고 꽃도 부끄러워한다는 얘기다.

여자는 정말 아름답다. 그러나 그런 아름다움은 타고나는 것만은 아니다. 니체의 말을 인용해 보자.

"삶은 열락의 샘이다. 그러나 천박한 사람이 함께 마시면 맑던 샘이 오염되고 만다. 모든 정결한 것을 나는 좋아한다."

내가 생각하는 아름다움의 조건은 첫째가 정결함이다. 세상에서 가장 값진 것으로 꼽는 것은 금이다. 금이 값진 것으로 값을 지니는 것은 그 광택이 정결하고 변치 않는다는 데 있다. 정결함은 아름다움으로 뿐만 아니라 값어치 자체로서의 가치도 있다. 우리가 살면서 아름다운 삶을 추구한다면 스스로 정결해 지고자 하는 노력이 필요하다

음악회에서 가장 좋은 음악을 듣고자 한다면 연주장이 정숙해야 한다. 정숙한 가운데서만 가장 순결한 소리를 들을 수 있다. 이것이 정결함이다. 내가 조용히 좋은 음악을 듣고자 한다면 그런 마음가짐이 이미 나를 정결케 하는 것이다.

내가 지금 낚시를 한다고 하자. 고기가 잡히지 않는다고 안달을 할 것인가? 아니다. 나는 원래 낚시에는 서투르다. 그러므로 고기가 잡히지 않는다고 해도 그다지 신경을 쓸게 없다. 내게 중요한 건 고기가 아니라 낚싯줄을 드리우는 마음이니까.

내가 지금 비발디의 〈4계〉를 듣는다고 하자. 그 음악 속에 봄, 여름, 가을, 겨울이 있는가? 4계는 그 음악 속에 있지 않고 내 마음 속에 있다. 내 마음이 화려하면 음악 속의 4계는 더욱 화려해진다

마음의 창으로 아름다움을 받아들이는 것이다. 그래서 그 창이 정결할수록 아름다움은 더욱 영롱한 것이 아니겠는가. 아름다움은 내게 있는 것이 아니라 나를 보는 상대의 마음속에 있다.

나는 그 아름다움이 찬연해지도록 나를 정결케 하면 그만인 것이다.

행복의 향기

서울 쥐들이 한적한 시골로 관광 여행을 떠나 즐거운 시간을 가졌다. 그 쥐들 가운데서 이번 여행에 가장 인상적인 일을 경험하게 된 것은 어린 쥐였다.

"엄마 엄마, 난 봤다고. 천사를 봤어요."

"천사가 맞아요. 정말 날개를 달았더라고요, 막 날아다녀요."

어린 쥐가 처음 본 것은 박쥐였다. 순진한 어린 쥐는 같은 쥐 중에서 날개 달린 것을 천사로 아는 것이다.

어릴 적의 환경과 성장과정은 그의 장래에 중요한 영향을 미친다. 특히 음악을 잘 모르는 이들도 영화 〈아마데우스〉를 통해서 볼프강 A.모차르트의 성장과정과 음악과의 함수관계를 짐작할 수 있다. 이렇듯 많은 음악가들은 마치 여름철 편안한 잠을 지켜주는 모기장 같이 묘하게 주변을 감싸고 있는 음악 속에 묻혀 미리 예정된 장래의 길을 선택하고 있었다.

어느 방송 퀴즈에서 "앤드류 로이드 웨버가 누구냐?"고 묻는다고 치자. 쉽게 대답할 사람은 많지가 않을 것 같다. 하지만 〈지저스 클라이스트 수퍼스타〉라든가, 〈에비타〉 〈캣츠〉를 모르는 이는 거의 없을 것이다. 앤드류 로이드 웨버는 바로 이들 작품들을 작곡한 금세기 뮤지컬의 거장이다. 앤드류 로이드 웨버는 날 때부터 내내 음악 속에 묻혀 살아왔다. 그의 아버지 윌리엄 로이드 웨버는 런던 음악 대학의 학장이었고 왕립 음악대학의 작곡 교수였다. 또한 어머니 진 로이드는 피아노 교사였다.

이런 환경에서 앤드류는 어릴 적부터 피아노 바이올린 프렌치 혼을 연주했으며, 〈남태평양〉을 작곡한 리처드 로저스, 그리고 록큰롤의 스타 엘비스 프레슬리의 영향을 받고 성장했다.

그가 일찍 태어났더라면 또 어느 부류의 걸작을 썼는지 모른다. 예전과는 달리 지금은 어느 누구도 음악의 영향 속에 살지 않는 이가 없다. 어느 틈에 '가라오케' '노래방' 시대를 맞아 개인의 노래까지도 음반으로 제작하는 시대다. 참으로 대중음악에 젖어 사는 세상이 됐다. 참 좋은 세상이라고 늘 말한다.

아파트 거실에 놓여 있는 그랜드 피아노가 고작 실내장식에 그치고 마는 경우도 적지 않지만 그래도 없는 것보다는 낫다. 더 나은 것은 이를 잘 쓰는 일이다.

음악 속에 산다는 일, 그것은 향기를 얻기 위해 한 송이 난을 키우는 것과 같다.

앤드류 로이드 웨버

자존심을 담은 도시락

오래전 얘기다.

우리의 지난날엔 정말 배고픈 시절이 있었다. 내가 아는 철이는 욱이의 친구였는데 철이네는 남보다 더 빈한했고, 욱이네는 그 반대였다. 빈과 부의 극단적 차이를 지닌 두 어린 소년이 어떻게 친구가 될 수 있었는가 하는 의문도 생기지만 하여튼 두 소년은 친밀한 관계를 유지하고 있었다.

그들의 어린 시절엔 가난한 철이네 뿐만 아니라 대부분의 집이 어려운 살림살이를 하고 있었으므로 결식아동이 부지기수였다. 철이네의 형편으로는 도저히 철이의 도시락을 싸줄 수가 없었는데 자존심 강한 철이는 그래도 없는 티를 내기 싫어 빈 도시락을 가지고 다니곤 했다. 그러나 어린 친구들 사이에도 재산이 있고 없는데 따라 서열은 생기게 마련이어서 학교 가는 길엔 늘 없는 집 철이가 부잣집 욱이를 부르러 다녔다.

욱이에게는 인자하신 할머니가 계셔서 늘 그를 돌봐주고 있었다. 이런 철이와 욱이의 어린 시절에 남모르는 비밀이 한 가지 있었다. 그것은 철이가 늘 빈 도시락을 들고 다녔지만 그런데도 점심을 굶지 않고 학교를 다닐 수가 있었다는 것이다. 알고 보면 철이의 도시락은 빈 도시락이 아니었으며 그 속에든 점심은 욱이의 것과 똑같은 것이었다. 그러나 욱이조차 철이의 도시락이 자기 것과 같은 것이라는 사실을 전혀 모르고 있었다. 욱이의 할머니가 남모르게 철이의 빈 도시락을 채워놓곤 했으며 그 비밀을 아는 것은 할머니와 철이 단 둘뿐이었다.

할머니는 절대로 도시락에 대해서 이야기를 하지 않았으며 입을 열지 않은 건 철이도 마찬가지였다. 그 후 얼마 되지 않아 할머니가 돌아 가셨고, 철이는 그 할머니의 무덤에서 때 묻은 주먹으로 눈물을 훔쳐 냈었다. 그리고 또 세월이 흘러 지금은 사회의 중견이 된 철이 씨가 그 할머니의 무덤을 다시 찾았다.

고급 승용차를 타고 가족들과 함께 그 할머니의 무덤을 찾아간 철이 씨에 대해 그의 아내와 아들들도 왜 남편과 아버지가 이 이름 모를 산소 앞에서 이토록 깊이 경의를 표하는지 알지 못했다. 남 몰래 빈 도시락을 채워 주시면서도 가난한 소년의 자존심을 손상시키지 않았던 그 할머니를 철이 씨만은 결코 잊을 수가 없는 것이다.

지금의 세태는 오히려 너무 잘 살아서 걱정이다. 한때는 〈비 오는 날엔 압구정엘 가야 한다〉는데 압구정동은 무엇을 하는 곳인가? 오렌지족이 판을 친다니 그곳이 오렌지 키우는 제주도인가, 캘리포니아인가? 이것도 옛말이 되었다. 있는 집 아들들 중에 외제차를 타고 밤이면 차가 다니는 번잡한 길에서 자동차 경주를 하다가 빈번하게 사고도 내는 판이다.

부모들이 자식을 잘못 키워서 자식 망치고 집안 망신까지 하는 세상이다. 사랑하는 자식에게 허례와 허식을 심는 부모들에게서는 그 사랑의 무지가 얼마나 비극적인가를 확인할 수가 있다.

공부 못하는 자식들을 억지로 대학에 밀어 넣으려는 부모의 욕심은 자식을 위한 사랑이 아니라 자신의 체면부터 차리려는 몸부림이 아닐까? 허울 좋은 학벌이 문제가 아니다. 인생을 어떻게 인식하고 자신의 존재 가치를 확인하는가가 중요한 것이다.

자식들에게 자존심을 심어줘야 한다. 가치를 판단하는 능력이 얼마나 중요한 것인가를 생각해 봐야겠다.

내가 할 수 있는 작은 봉사

사람들은 가장 축복받고 행복한 자신을 가끔 잊을 때가 있다. 자기 본의대로 뜻을 이루지 못했거나 또는 잘 이뤄지지 않을 때 성급히 초조하게 판단하여 자신을 불행의 늪으로 빠뜨리곤 한다.

어느 때부터인가 삶에 대해서 나 자신 무척이나 회의를 느낀 적이 있었다.

'산다는 것은 무엇인가?'

'어떠한 삶이 진실한 삶이고 올바른 삶인가?'

'나는 무엇을 위해 사는가?'

'오늘이 지나면 내일이 온다. 그러나 내일이 오지 않는 날도 있다.'

'나는 지금 왜 여기에 있나?'

많은 생각들이 머리를 에워 싸 나는 늘 고뇌 속에서 허덕이곤 했었다. 이런 저런 상념들의 갈등 속에서 우울증은 계속 되어 건강은 조금씩 나빠지고 밤이 오면 잡다한 생각들로 잠을 이루기가 어려웠다.

정신적으로 도움이 된다는 많은 양서들을 밤새워 읽고 또 읽고 해도 불면에는 변화가 없었다. 때로는 거리를 지나는 사람들, 행상하는 사람들, 무심코 지나가는 강아지들도 나보다는 평화스러워 보였다.

가만히 나를 돌이켜 보았다. 분명 맥박이 뛰고 숨도 쉬고 있었다.

분명 나도 존재하고 있는 것이다.

그렇다면 존재의 의미는 무엇일까?

또 나의 고뇌의 의미는 무엇일까?

아무리 애를 써 봐도 해답은 잘 나오지 않았다.

그러던 어느 날 평소에 친분을 가졌던 김 교수님이 김진홍 목사님의 설교 테이프를 들어보라고 주셨다. 모두 10집으로 된 것이었는데 첫 테이프를 들으면서부터 거기에 몰입해 멈출 수가 없었다.

인간으로서 도저히 감당키 어려운 고통, 인간다움은 제쳐놓고 동물보다도 못한 극한 상황의 비참하고 끔찍스런 삶이 존재하고 있다는 현실을 알게 해 주었을 뿐만 아니라 가난과 질병에서 죽어가는 모습을 보고도 마비된 삶이 공존하고 있는 현실을 실감치 않을 수 없었다. 그러한 생활 속에서 그들에게 하나의 진리를 위해 사랑과 희망과 인간다운 용기를 심어주려는 그 목회자를 대하고 난 후 나 자신을 돌이켜 보았다.

나의 이 고뇌, 삶에 대한 불안과 우울함은 얼마나 사치스러운 것인가? 너무도 많은 축복 속에서 사는 고마움도 모르고 스스로 불행의 늪 속에 빠져 허우적거리는 자신이 참 부끄러웠다

무심코 듣던 자동차 라디오에서 Bobby Macferrin이 부르는 〈Don`t Worry Be Happy〉란 곡이 흘러 나왔다. 처음부터 끝까지 'Don`t worry Be Happy'란 가사가 반복되는 노래다. 마치 주문을 외우듯 반복돼 사람을 세뇌시키듯이 들려왔다. 나를 위한 주제가인 것처럼 생각되기도 했다

내가 갖고 태어난 재능 중에서 가장 훌륭한 선물로 받은 것이 음악적 재능이 아니겠는가. 이것으로 어려운 교회를 위해 봉사해야겠다

는 마음을 먹고 있었는데 마침 김 교수님을 통해 어느 작고 가난한 개척교회에 성가대 지휘자가 없다는 얘기를 듣고서 나는 즉시 자원하고 나섰다.

1년 7개월 동안 노래와는 별로 인연이 없는 14명의 성가대원들을 지도하면서 처음엔 답답하고 어려움도 많았다. 그러나 1년 쯤 지나니 악보 시창도 거의 마스터해 초견(初見)이 쉬워지니까 훨씬 힘이 덜했다.

〈Sister Act〉란 영화에서 우피 골드버그가 이끌던 그런 성스러운 성가대의 기적적인 모습은 아니더라도 그런대로 보람이 있었다. 작은 나의 봉사로 이토록 큰 보람과 감사를 느낄 수 있다니 이런 것이 놀라운 은총이 아닐까 싶었다.

이 일을 계기로 〈주여! 나의 기도를〉이란 곡을 후에 작곡하게 되었다.

바비 맥퍼린

지성이 미모를 능가한다

우리의 고전극 성춘향을 요즘 영화로 만든다면 춘향과 이도령 역에는 송중기 송혜교가 캐스팅 됨직도 하다. 으레 주인공엔 미남 미녀가 나서게 마련인데 이것이 만약 오페라라면 얘기는 좀 달라진다. 오페라의 프리마돈나에 이영애나 김태희 같은 미녀가 등장한다는 것은 기대난이다. 대개 체격이 당당하다 못해 더러는 〈뚱〉소리가 나게 마련이고 그렇다고 얼굴도 그렇게 미모를 갖춘 것이 아니다. 그러나 그러함에도 불구하고 오페라의 주역들은 그 어떤 미남 미녀보다도 깊은 감동을 주게 된다.

그리고 보면 사람에게서 중요한 것, 사람을 돋보이게 하는 것은 반드시 미모만은 아니라는 얘기가 된다. 내가 여배우나 패션모델이 아닌 이상 외모란 것이 내 성공의 척도가 될 수 없다. 내게 성공의 길을 열어주는 것은 재능과 삶에의 열정, 그리고 감수성 같은 것들이다.

사람이 미모를 지니고 있다는 것은 다른 평범한 사람들보다 한 가지 더 축복을 가지고 태어난 것만은 분명하다. 그러나 또한 상대적으로 그 미모를 능가하는 다른 여러 가지 조건들이 있어서 세상은 공평한 것이 아닌가 싶다.

타고나지 못한 아름다움을 갖추기 위해 요즘은 성형수술을 하는 경우도 많지만 진실로 축복받은 삶을 살려면 미모보다는 지성을 갖추는 쪽이 훨씬 좋다. 지성을 갖춘다는 일이 결코 쉬운 일이 아니겠지만 그것은 결코 노력해서 불가능한 일이 아니므로 사람들이 더 자랑스럽고 긍지 있는 삶을 살려면 지성 쪽을 택하는 것이 현명한 게 아닌가 싶다.

지성이 미모를 능가한다는 것은 여러 가지 경우에서 실증되고 있다.

사람의 지성이란 '책을 보고 암기해서 여러 가지 정보를 많이 기억하고 있는 것'을 의미하지 않는다. 내가 말하고 싶은 지성은 '사고하는 능력'이다. 생각하는 것이 풍부하다면 그는 훌륭한 지성의 소유자일 것이다.

여기 낭만적인 사람이 있다고 하자. 그 개성은 지성에서 비롯되는 것이다. 낭만적이고 개성적인 사람이 있다고 하면 그는 또한 멋쟁이일 것이다. 돈을 많이 들이면 겉으로는 멋쟁이를 만들 수 있겠지만 그 멋은 결코 오래 가지 못한다. 곧 빈속이 드러나고 말 것이기 때문이다.

옷을 잘 차려 입는다는 것은 좋은 옷을 산다는 의미가 아니다. 옷을 우아하게 입을 줄 안다는 것이다. 여기서 '안다'는 것, 바로 이것이 지성인 것이다. 어떠한 경우에도 지성은 미모를 능가한다.

몇 곡이라도 당신이 좋아하는 클래식 음악의 레퍼토리를 갖고 있다면 매우 지성적이라고 할 수 있다.

로댕의 걸작이라는 〈생각하는 사람〉은 과연 무엇을 생각하고 있는 것일까? 우리는 그 조각을 아무리 들여다보아도 그 생각의 깊고 낮음을 파악할 수가 없다. 다만 분명한 것은 '지금 나도 생각하고 있다'는 사실인 것이다.

조각품을 들여다보는 당신은 지성적인 모습을 하고 있다. 당신이 지금 아름다운 선율에 귀를 기울이고 있다면 그것은 또한 단순히 음악을 듣는 것이 아니라 '인생을 사고하고 있는 것'이 아니겠는가!

오페라 아이다

배신자를 위한 노래

배신 만큼 사람을 격노케 하고 가슴 아프게 하는 것도 없다. 현대를 불신의 시대라 하고 그런 불신 때문에 늘 경계심을 가지고 살면서도 사람들은 가슴 아파한다.

역시 사람은 착한 존재인가 보다. 착하기에 믿음을 주고 그 믿음에 대한 역 작용으로 배신이란 멍에를 진다. 하지만 그렇다고 세상에 믿을 사람 하나도 없다는 식으로 살아간다는 것은 삶 그 자체를 부인하는 것과 다름이 없다. 세상은 믿고 사랑하고 살아가되 배신 없는 그런 삶이어야 한다. 나는 그를 이토록 사랑하건만 그는 왜 나를 사랑하지 않는 것일까? 세상에 가장 이뤄지기 어려운 것이 사랑이다. 사람과 사람이 사랑을 해야 한다는 것은 철학적으로 '최고의 선'이요, 사회적으로 '공동의 선'이며, 인간적으로 가장 값진 결실이겠지만 그것이 결코 쉽지 않다는 사실을 살면서 실감하게 된다.

사람을 사랑하기는커녕 이용하고 배신하기가 능사이다. 세상에 배신이 존재하는 이유는 바로 사랑이 없기 때문인 것이다. 그가 나를 진정으로 사랑했다면 배신까지는 하지 않을 것이다.

나는 왜 배신을 당해야 하는 것일까?

나의 부족함은 무엇인가?

당신이 구름이라면 나는 호수의 물이 되고 싶었다. 그러나 그대는 돌아서고 배신의 아픈 상처만이 나를 분노케 하는 것이다.

배신자여!

그대를 위하여 나는 무슨 노래를 부를 수 있겠는가.

중국 제나라의 재상 맹상군은 왕족 출신으로 특히 인재를 좋아했기 때문에 많은 식객들을 두고 있었다. 〈사기〉 맹상군 열전 편에 나와 있는 것을 보면 '식객 3천명'이란 표현을 쓸 정도로 그는 많은 사람들을 아끼고 키워 주곤 했었는데 그 중 하나가 그를 모함해 재상 자리를 내놓게 만들었다.

그가 파면을 당하자 그 많던 식객들도 하나 둘 그의 곁을 떠나가고 말았다. 맹상군은 이들의 배신에 격노해 그의 곁을 떠난 사람은 다시는 보지 않겠다고 선언을 했는데, 이때 풍한이란 사람이 그를 달래며 한 말이 명언이다.

"저자 거리를 보십시오. 사람들은 자기가 원하는 물건이 있을 때 모여들고 없으면 떠나 버리고 맙니다. 떠나는 사람만을 야속하게 여기지 마십시오."

그때 맹상군은 깨닫는 바가 있어 다시 예전처럼 식객들을 불러들이고 한결같이 대우를 했다.

남에게 무엇인가를 해 줄 경우 답례를 기대하지 않는 쪽이 마음이 편하다. 그런가 하면 우리 주위에도 자신의 과도한 피해의식에서 자신이 얻은 작은 상처를 삭이지 못하고 끝내 상대의 목숨까지도 빼앗는 극도로 이기적인 행위를 찾아 볼 수도 있다.

내가 너를 사랑한다고 너도 나를 반드시 사랑해야 한다는 법은 없다. 나는 그에게 바랄 것이 있어도 그가 내게 바랄 것이 없다면 그는 떠나려 할 수도 있다. 떠나는 이를 배신자라 부르지 말자. 사랑의 배신자에게는 사랑의 노래를 불러주자. 그도 사랑을 찾아 헤매다 사랑의 상처를 입고 또한 배신자의 노래를 부를 수 있다. 배신자에게도 배신하는 가책이 있고, 아픔이 있게 마련이다. 배신의 대가가 결코 좋을 리는 없으리라.

배신을 당한 이들이여!
배신자를 위한 노래를 부르자. 배신을 당한 나의 마음은 참담한 밤과 같다.
밤이다. 이제 비로소 사랑하는 자들의 노래가 눈을 뜬다. 내 영혼이 눈을 뜬다. 눈 뜬 영혼으로 밤을 보라. 이제 밤은 두렵지 않다.

배신자여!
아직은 용서하고 싶지 않다. 그러나 그대를 위해 노래를 부르리라. 지금부터 내 영혼이 화음을 이루고 아름다운 음률을 낳는 것을 이제 또 누군가가 듣게 될 테니까…….

생명력이란...

타고르 하면 빛이나 등불이 연상된다. 그의 짧은 시 〈동방의 등불〉은 다음과 같이 표현하였다.

> 일찍이 아세아에서 황금 시기에
> 빛나던 등촉의 하나인 조선
> 그 등불 한번 다시 켜지는 날에
> 너는 동방의 밝은 빛이 되리라

타고르는 일찍이 우리나라의 선조 현인들처럼 다시 한 번 온 세계를 밝힐 동방의 떠오르는 태양에 경의를 표했으며, 동방에 대해 예언적 기대로 쓴 〈동방의 등불〉 짧은 시가 떠오른다.

바로 그 등불이 한반도 동쪽 끝 포항제철의 용광로에서 실제의 불이 타 올랐다. 이는 김호수 칼럼니스트가 그의 저서 〈마지막 편집국장〉에서 박태준 포스코 명예회장이 '동방의 빛나는 등불'이라고 타고르의 시를 떠 올리며 이렇게 표현하였다. 현실적으로 포항에서는 뜨거운 용광로가 타오르고 있음은 물론 평생을 제철보국으로 이끈 영웅 박태준을 용광로의 불로 타고르의 '동방의 빛과 불'로 비유해 말해주고 있다.

불과 빛은 생명력이 있는 것일까? 아마도 모든 생명을 포함한 물질과 철들을 불태워 녹여주니 일단 죽음이라고 해야 하겠지만 이것은 또 다른 문명물질이나 자연의 생명을 불어넣어주는 것이라고 하겠다.

생명력이란 생물체가 생명을 유지해 나가는 힘이다. 그런데 생명체가 아닌 물체에서 이 생명력을 말하기도 한다. 이를테면 도자기, 조각 작품, 또는 그림이나 서예 등 조형물질인 예술작품에 생명력이 있다고 흔히 말을 한다. 그리고 문학에서도 진실되고 아름다운 자기만의 언어에서 감동이 흐르는데 이것이 바로 문학의 생명력이다.

그런데 실제로 물체가 아닌 음악은 어떠한가. 음악은 귀로만 들을 수 있는 추상 예술이다. 만질 수도 없고, 볼 수도 없다. 하얀 종이에 쓰인 악보는 음악이 아니다. 그냥 연주자들이 연주할 수 있는 약속된 기호에 불과하다. 음악은 연주자들의 숙련된 연주에 의해서 오로지 귀로써만 들을 수 있는 예술이다. 작곡가들은 물질적인 캠퍼스 같은 기본 메터리얼도 없이 그냥 머릿속에서 말하자면 무에서 소리인 선율을 창조해 내는 것이다. 그것을 기록하기 위해 하얀 오선지 위에 음을 써내려 간다.

생명력이란 것은 참으로 귀한 존재이다. 어디에나 있는 것이 아니다. 도자기 작가들은 우리가 보아도 멀쩡하고 아까운 도자기를 불가마에서 꺼내어 마구 깨어버리는 모습을 자주 본다. 바로 작가가 보기엔 생명력이 없는 것들을 모두 깨어 부수는 것이다. 생명력이 있는 작품들은 태어나기가 참으로 힘든 것 같다.

음악에서 그 생명력이 있다는 음악이 바로 명곡이다. 그 명곡은 작곡가에 의해서 탄생되지만 말이 쉽지 곡마다 그리 쉽게 나오는 것이 아니다. 그러니 모든 예술작품에 완성도와 담겨있는 예술성에 따라서 생명력 즉 혼이 깃들어 있다고 평가를 한다.

생명력이란 참으로 신비한 힘이다. 이 신비한 힘, 그 생명력은 어디서 오는 것일까? 어마어마한 대 건축물이나 바티칸의 대성당과 같은 위대한 건축물을 대할 때 감탄이 저절로 흐른다. 또한 회화작품의 아름답고 조화로운 색과 구도를 대할 때도 아름다움에 감탄이 흐른다. 예술 작품에 대한 생명력이 나의 마음을 움직여주는 것이다. 그것이 예술에 담긴 생명력이다.

어느 날 라디오에서 흐르는 음악은 하던 일손을 멈추고 그 곡이 끝날 때까지 듣게 된다. 너무나 감동스러워 나도 모르게 두 눈에는 눈물이 흐르기도 한다.

음악은 마음과 마음을 이어주는 무선교신이며, 기쁠 때나 그리움을 느낄 때 위로해 주는 벗이 되며, 사랑하는 사람에게 전하는 아름다운 이야기가 된다. 가슴에 흐르는 음률은 내 마음과 영혼을 순화시켜 뜨거운 감동이 솟아나기도 한다. 이것이 음악의 생명력이며 또한 음악의 힘이기도 하다.

우리 다시 한 번 음악을 들을 때, 글을 읽을 때, 예술작품을 대할 때, 이를 창조한 창작자들의 깊은 예술성을 느끼고 나의 마음에 감동이 살아 움직이는 생명력을 느껴보자.

두물머리 토끼섬

사람이 예술가가 된다는 것은

단지 예술에 사는 것이지만

'예술에 살고 사랑에 사는 것'은

인생을 예술로

만드는 것이 아닐까

피아노 치는 슈바이처

인생을 예술처럼

많은 사람들이 인생을 예술처럼 살았으면 한다. 일찍이 예술가의 꿈을 가져보기도 하지만 예술가는 못 되더라도 내 인생만은 예술처럼 꾸미고 싶다는 욕망은 누구나 갖는 것이다.

푸치니의 〈토스카〉 중에 나오는 아리아 〈예술에 살고 사랑에 살고〉는 예술에의 동경을 잘 그려내고 있다. 사람이 예술가가 된다는 것은 단지 예술에 사는 것이지만 '예술에 살고 사랑에 사는 것'은 인생을 예술로 만드는 것이 아닐까?

인생을 멋지게 꾸미는 사람이야말로 진정한 예술가일 것이다.

신라 화랑의 세속오계에 들어 있는 '살생유택'은 우리들의 오랜 교훈이지만 그것을 가슴으로 실감하는 경우는 드문 것 같다. 살생유택은커녕 주변 운동 경기장에만 가더라도 금방 열이 올라 "죽여라" 하는 소리가 예사롭게 터져 나온다.

어디 그뿐이랴. 가장 가까운 친구나 또 형제끼리도 "~ 하면 죽어!" 하는 얘기를 아무렇지도 않게 쓴다. 불확실 시대에서 도덕 불감증시대를 낳더니 이젠 살생에도 둔감해진 것일까?

현대의 '사랑의 사도'라 불리는 알베르트 슈바이처는 어릴 때 이미 생명을 아끼고 사랑해야 한다는 것을 스스로 터득했다. 슈바이처같이 특별한 삶을 살 수 있게 된 바탕은 그의 출생과 성장에 영향을 미친 환경적 조건 때문일 것이다.

슈바이처는 아버지와 어머니 양쪽 모두 교육자와 음악가가 많은 가계에서 태어났다. 또한 아버지와 할아버지가 목사였고, 어머니의 혈통 또한 종교인의 집안이었으므로 그에게는 예술의 피와 종교의 피가 다 같이 흐르고 있었던 것이다. 슈바이처는 네 살 때부터 아버지한테 피아노를 배웠고, 아홉 살 때에는 교회에서 파이프 오르간 연주자로 봉사할 만큼 음악에 재능이 있었다.

그가 어렸을 때 한번은 친구와 함께 뒷동산으로 새를 잡으러 갔었다. 그들은 고무줄로 돌을 튕겨서 새를 잡는 고무 새총을 갖고 있었다. 슈바이처는 새총에 돌멩이를 장전해 새를 겨눴지만 그는 일부러 새를 맞추지 않았다. 그때 멀리서 들려오는 교회의 종소리…. 그는 불현듯 숲속의 새들을 모두 쫓아버렸다. 친구가 새를 쏘지 못하게 새들을 날려 보낸 것이다. 은은하고 아름다운 종소리가 그의 가슴을 두드렸으며 그의 가슴 속에 생명을 아끼고 사랑해야 된다는 생각이 가득해졌다.

"사람들은 사람들을 위해서 열심히 기도하면서 왜 다른 동물들을 위해서는 기도하지 않는 것일까?"

어린 슈바이처는 그것이 이상했다. 그는 사람도 사랑했지만 동물도 사랑했고 모두를 사랑했다. 그는 그 사랑의 느낌을 오르간의 소리에서 다시 발견하곤 했었다.

슈바이처가 후년에 바하 연구의 권위자가 되었고, 또한 파이프 오르간을 연주하는데 제1인자가 된 것은 그의 종교적 음악적 혈통과

자라난 환경의 힘이 컸다. 그가 제일 좋아하는 음악가는 바하였지만 베토벤을 존경했고, 바그너와 모차르트를 사랑했었다.

슈바이처는 오르간과 피아노 앞에 앉았을 때 제일 행복하다고 했다. 좋은 음악을 들을 때는 음악의 즐거움이 온몸에 퍼져 흐른다고 그는 말했다. 그가 인류에의 봉사를 위해 그토록 분망한 격무를 치러 내면서도 늘 건강하고 행복했던 것은 아무리 몸이 지쳤을 때도 오르간의 아름다운 소리를 들을 수 있기 때문이었다. 평생을 아름다운 음악 속에 살았던 슈바이처야말로 인생을 예술로 완성할 수가 있었다.

누구든 인생을 예술로 가꿀 수가 있다.

재봉틀과 풍금

재치문답에 흔히 나오는 문제로 두 가지를 대비하면서 〈같은 것〉과 〈다른 것〉을 설명해 보라는 것이 있다.

어느 전직 대통령 시절, 그 대통령과 그를 닮은 한 코미디언을 놓고 공통점이 뭐냐고 물으면 '둘 다 대머리요.', '둘 다 웃긴다.' 고 대답한다.

그러면 다른 점이 뭐냐고 하면 '이 코미디언은 방송 때나 웃기는데, 대통령은 시도 때도 없이 웃긴다.'고 한다. 그런 대통령을 두고 사람들은 웃으면서 살았을까, 울면서 살았을까……. 이제는 지나간 일이다.

내가 다섯 살이었을 적에 재봉틀과 풍금을 놓고 나는 어떤 연상을 한 것으로 기억된다. '재봉틀과 풍금'은 아주 다르면서 뭔가 미묘한 공통점이 있는 것이다.

나는 태어나면서부터 명동에서 살았다. 앞으로 명동성당이 있고, 옆으로 YWCA가 있는 바로 그곳이다. 명동성당 앞에 살았기에 그곳은 어린 나의 놀이터가 되기도 했다. 때로 장엄하고 경건한 분위기를 풍기는 명동성당에서 내가 못 견디게 궁금해 한 것은 풍금의 신비였다. 당시만 해도 피아노란 악기는 참으로 귀했었다.

"저 풍금은 어째서 저런 묘한 소리가 날까?"

수녀님 아니면 어느 예쁜 아줌마가 발로 페달을 밟고 하얀 손가락을 놀리면 정말 아름다운 소리가 나는 것이다.

"나도 풍금을 한번 쳐볼 수 없을까?"

그러던 어느 날 나는 우리 집 2층에서 어머니가 발재봉틀로 바느질을 하는 모습을 보고 불현듯 어떤 느낌을 받았다.

"바로 저거다."

나는 재봉틀 의자에 올라앉아 발로 재봉틀의 페달을 밟으면서 재봉틀 대에 올려놓은 손가락으로 열심히 풍금을 쳤다.

"도미솔미 레미도…." 입으로는 계명을 따라 부르면서 성당에서 들었던 노래는 다 찾아 불렀다. 재봉틀로야 풍금 같은 소리를 낼 수는 없지만 내 입에서는 노래가 나왔다. 아는 노래가 딸리면 즉흥 자작곡을 불렀다.

이렇게 재봉틀에 재미를 붙인 건 좋았지만 역시 재봉틀은 재봉틀이다. 재봉틀의 바늘이 손톱 위를 찔러 관통하고 만 것이다. 몹시도 아프고 겁이 났지만 난 이 사실을 어머니께 말하지 못했다. 위험하다고 다시는 재봉틀을 못 만지게 할까봐 겁이 났기 때문이었다. 약도 바르지 않은 손가락은 어느덧 상처가 덧나서 몹시 고통을 주었다. 더는 숨길 수 없어 어머니께 얘기를 할 수밖에 없었다.

"손 나으면 나 또 풍금칠거야."

그 말에 어머니의 마음이 아팠던가 보다. 아버지께 얘기를 해서 풍금을 사주신 것이다. 이것이 내가 가진 내 인생의 첫 번째 악기이며, 그때의 감동을 지금도 잊을 수 없다.

내게 재봉틀이 아닌 소리 나는 풍금이 생겼지만 당시만 해도 악보도 없었고 지금처럼 레슨을 받는다는 것은 더더욱 상상할 수 없는 일이었다. 지금과는 상황이 달라도 많이 다른 것이다.

내가 중학교에 들어갔을 때 음악 선생님은 내가 음악성이 뛰어나고 특히 화음에 밝다며 '소리 귀신'이란 별명으로 부르시기도 했다.

갖춰진 악보 없이 건반만 두드리다 보니 내가 칠 수 있는 곡들은 머릿속에 기억된 곡들일 수밖에 없었다. 그래서 나 혼자 음을 만들고 곡을 써 보곤 한 것이 작곡가의 길로 들어서게 된 바탕이 되었다. 하지만 악보 없이 건반만 두드리다 보니 또한 연주자로서의 길은 상대적으로 멀어지고 만 것이다.

그러나 아직도 음악이건 인생이건 즐거운 마음으로 미치듯 매달리면 놀라운 성과를 거둘 수 있다는 확신을 가지고 있다.

발 재봉틀

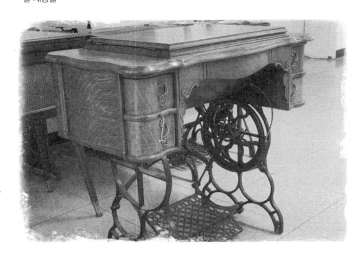

나의 시그널 뮤직

꽤 오래 전 루치아노 파바로티의 내한공연에 많은 청중이 모였다. 그토록 비싼 입장료를 내면서도 마치 장날 장터에 장꾼 몰리듯 꾸역꾸역 사람들이 연주장으로 모이는 걸 보면 참으로 신통하다는 생각이 들었다.

하긴 음악이란 사람의 영혼을 사로잡는다지 않는가! 파바로티도 그러하거니와 마리아 칼라스의 노래며 첼리스트 요요마의 연주를 들을 때마다 표현하기 어려운 감동을 느끼게 되는 사실을 어떻게 설명할 수 있을까? 요요마의 첼로 연주를 들어보면 음 하나 하나가 살아 움직이는 듯 감동을 준다. 음악은 사람의 마음을 흔드는 것이다.

누가 진지한 표정을 하고 이런 질문을 던진다.

"사람이 튀어나오게 하는 기계가 무엇인지 아십니까?"
"사람이 튀어 나오게 하는 기계? 글쎄…"
"그게 초인종이죠."

엉뚱한 대답이지만 하긴 맞는 얘기다. 그렇다면 사람에게서 감동을 이끌어내는 것은 무엇일까? 나는 남달리 어릴 적 일을 기억하는 것이 있다. 어머니가 나를 무릎 위에 뉘고 바느질을 하면서 내게 흥얼흥얼 불러주던 노래다.

타불 타불 타불네야
울면서 어디 가니
우리 엄마 무덤으로
젖 먹으러 나는 간다.
과자 줄게 가지마라
나는 싫다 나는 싫어

이 〈타불네야〉라는 노래는 가사 중의 과자가 과일이 되고, 과일이 또 다른 과자가 되고, 또 다른 먹을 것으로 대입되면서 끊임없이 이어진다. 그런데 이상하게도 나는 이 노래만 들으면 슬퍼서 마냥 눈물이 나온다. 포대기 속에 누운 아기 때였으니 내 기억력도 무척이나 이르다 싶기도 하다. 내 어머니의 기억으로는 내가 이 노래를 들을 때마다 눈물을 흘렸다고 한다. 그래서 내가 일곱 여덟 살이 됐을 때도 이 노래를 불러 나를 울리곤 하셨다. 나를 놀리기 위해서였다.

나는 지금도 아기 때 내가 왠지 모르게 슬픈 감성으로 울었던 그때가 기억나고 이런 연상이 떠오를 때 또 슬퍼져서 눈물이 핑 돌곤 한다. 엄마의 음성 때문이었을까, 노래의 내용 때문이었을까. 어찌했건 타불네란 노래는 나에게 시그널이다. 눈물의 시그널 뮤직인 셈이다.

지금은 시간이 흘러갔지만 가수 서유석이 〈타박네〉란 노래를 불렀었다. 듣고 보니 그 노래가 바로 어머니가 들려주던 〈타불네〉란 노래였다. 〈타박네〉가 본디 말이었던가. 타불네란 노래가 일찍부터 나를 울려 눈물의 감성훈련이 잘된 탓인지 슬픈 영화나 TV드라마를 봐도 눈물을 참을 수가 없다.

집집마다 초인종이 있어서 사람을 부르는 첫 신호를 보내듯 사람의 감성에도 초인종 같은 것이 있다. 음악은 바로 그 감성의 초인종이다. 사람들이 음악을 좋아하는 것은 타고난 감성에서 비롯되는 것이지만 작위적이 아닌 일상의 경험을 통해서도 감성의 텃밭이 닦여지는 것이다.

나의 오페라 〈원술랑〉의 제2막 3장에 나오는 유령들의 합창은 나의 어릴 적 감성 〈타불네〉를 듣던 때의 구슬픈 느낌이 바탕이 되었다. 바로 〈가세 가세 저승 길〉이란 유령들의 합창은 그 미묘한 감성이 내가 일찍이도 기억했던 바로 그 순수한 것이었다.

자신은 미처 깨닫지 못하고 있어도 사람들에게는 누구나 감성의 시그널 뮤직이 있다. 다들 한번쯤은 "내 것은 무엇일까?" 일부러 찾아봄직도 하다.

어머니와 필자 어렸을 때

아버지와 중앙극장

어떤 사람에게는 한 시간이 영원 같고, 또 어떤 사람에게는 한 시간이 순식간에 지나간다. 시간에 긴 게 있고, 짧은 것이 있는 것이 아니다. 그럼에도 사람들이 시간을 인식하는 방법은 두 가지로 나누어진다.

한쪽은 늘 바쁘다며 불평하는 쪽이고, 또 다른 한편은 늘 시간을 보낼 방법을 찾고 있는 것이다. 사람에 따라서는 시간을 잘 활용하는 사람이 있는가 하면 시간의 함정에 빠져 시간에 얽매여 사는 사람도 있다. 시간을 어떻게 쓰느냐 하는 문제는 특히 예술을 하거나 창작을 하는 사람에게 있어서는 아주 중요하다.

우리가 살면서 어이없이 시간을 날려 보내는 예를 한 가지 들어보자.

출근길에 허겁지겁 뛰어가는 사람이나 이혼 수속을 하러가는 사람, 담배를 막 끊은 사람, 혹은 방금 손자를 본 사람 같은 이들을 붙들고 얘길 한다고 치자. 무슨 얘기가 제대로 되겠는가? 이런 사람을 붙들고 떠드는 시간에 다른 일을 한다면 그날은 정말 소중한 시간을 벌 수 있을 것이다.

내게 시간과 관련해 떠오르는 추억이 있다. 초등학교에 들어가기

전 여섯 살 때 일이다. 내가 살던 명동성당 앞에 위치한 우리 집 뒤편에 극장이 있었다. 바로 지금의 중앙극장이다. 나는 일찍부터 호기심이 많았고, 어찌나 구경을 좋아했는지 이 중앙극장 주변을 맴돌며 떠날 줄을 몰랐다.

그때는 극장에서 영화도 상영했지만 악극단의 공연도 자주 있었다. 그때의 악극단은 전반부에 눈물을 짜는 악극을 공연한 뒤 특별순서로 〈바라에디 쇼〉를 보여 주는 것이 정형으로 돼있었다.

나는 당시만 해도 〈바라에디〉가 무슨 말인가 했었는데 지금에 와생각해 보니 그것은 버라이어티(Variety)의 일본식 발음이었다. 그때의 인기 배우로는 비극의 여왕이라 불리던 전옥 씨와 그녀의 딸인강효실 씨가 기억나고 희극배우로는 이종철, 김희갑씨 등이 활약했었다.

나는 이 쇼가 보고 싶어서 늘 중앙극장을 찾았다. 그때의 중앙극장앞에는 널따란 마당이 있어서 금을 그어놓고 돌차기 놀이를 하곤 했었는데 본심은 돌차기 놀이가 아니라 극장에서 구경을 하는 거였다.

당시 중앙극장의 표 받는 아저씨는 벙어리였는데 매일같이 문밖에서 노는 나를 보고 귀여워해 주었던 생각이 난다. 이렇게 친해진그 벙어리 아저씨는 낮 공연 때 나를 무료입장 시켜주곤 했기 때문에 난 그때부터 사실상 중앙극장의 단골손님이 됐던 것이다.

어머니며 아버지며 언니들도 내가 이렇게 중앙극장의 단골손님이된 줄을 까맣게 모르고 있었다. 그로부터 나는 밖에서 놀다 집에 들어가는 시간이 점차 늦어지곤 했다. 극장에 한 번 들어갔다 하면 연속 공연을 보고 또 보고하니 안 늦어질 수가 없는 것이다.

하루는 공연이 얼마나 재미있던지 낮에 극장에 들어가 마지막 공연까지 무대 앞좌석에 앉아 있었다. 집에 가는 것을 까맣게 잊은 채였다. 내 뒷자리 쪽에선 잦은 기침소리가 나곤 했었는데 나는 무심코 지나쳤다. 마지막으로 막이 내리는 것을 보고 그것이 못내 아쉬워서 무대를 쳐다보고 있는 나에게 "자, 가자." 하면서 누가 말을 거는 게 아닌가. 돌아보니 아버지였다. 나는 기절할 정도로 깜짝 놀라 말을 잊었는데 아버지는 내 손을 꼭 잡고 집으로 데려갔다.

집에서는 꼬마가 없어졌다고 난리법석이 나 있었다. 어머니는 어머니대로 언니들은 언니들대로 나를 찾아 사방으로 나섰는데 아버지는 용케도 지피는 게 있었는지 중앙극장 수색을 담당했다고 한다. 아버지는 중앙극장에서 일찍 나를 찾아내고 집에 데리고 와서 단단히 혼을 내주려고 했지만 내가 공연에 열중해서 재미있게 보는 모습이 하도 진지해서 공연이 끝날 때까지 기다렸다고 한다.

지금도 코미디언 김희갑씨가 그때 커다란 주사기를 들고 엉터리 의사 연기를 하던 모습이 생생하다. 그때 중앙극장에서 상영한 영화로 로버트 테일러와 비비안 리가 주연한 〈애수〉의 몇 장면도 기억이 난다.

지금은 그 중앙극장을 많이 고쳤다. 그리고 넓은 마당도 사라지고 앞엔 바로 찻길이다 극장 역시 최근에도 새 단장을 해서 내부는 아주 달라져 있을 것이다. 그러나 나에게 있어서의 중앙극장은 한결같이 아버지와의 추억이 담겨있는 옛날 그 모습 그대로다. 그때 중앙극장에 뺏긴 나의 시간은 지금에 와서 생각해도 아주 소중한 것들로 남아있다. 헛된 시간처럼 느껴지지만 시간을 제대로 쓴 셈이다.

　추억의 중앙극장은 없어지고, 지금 그 자리에 무슨 파이낸셜 빌딩이 들어섰다. 그 모습이 달라지긴 했어도 늘 추억을 되살려 준다는 사실이 내겐 무척 다행스럽다.

돌차기

우리 집 강아지 돌리

나는 평소에 좋아하던 강아지를 구하게 됐다.

한 달이 갓 넘은 까만 푸들이었다. 젖 떨어진 강아지는 일반 음식을 삭이지 못해서인지 그만 설사를 했다. 급기야는 혈변을 봐서 가축병원에선 어쩌면 죽을 수도 있다고 했지만 어쨌든 주사도 맞고 한동안 치료를 한 끝에 다시 건강하게 자랐다. 그런데 또 한 석 달이 지나자 귓가에서부터 피부가 빨갛게 되면서 심하게 긁기 시작했다. 병원서 치료를 해도 온몸으로 퍼졌다. 할 수 없이 몸 전체를 삭발하고 체온을 유지하기 위해서 면으로 된 옷을 만들어 입혔다.

보는 사람들마다 꼭 인형 같다고 해서 이름을 돌리라고 지었다. 나의 창작 오페라 〈원술랑〉공연을 앞두고 악보 보완에다 최종 교정까지 하느라고 정신없는 데다 강아지 치료도 하랴 그 땐 정말 마음이 분주했다. 건국대학교에는 가축을 위한 동물병원이 있어서 피부 조직 검사와 함께 10일간 입원치료를 하고도 두어 달 후에야 병이 나았다.

자식 자랑은 팔불출이라고 하지만 자기네 애완 강아지 자랑이야 그런 팔불출은 안 되겠지 하면서 하루는 학교 교수실에서 만난 소프라노 박순복 교수와 서로 신이 나서 자기네 강아지 얘기꽃을 피우고 있었다. 그때 마침 옆에서 듣고 있던 테너 엄정행 교수가 하는 말이 "아니 이 동네는 완전히 개판이군."해서 한참 웃은 적이 있다.

그런데 돌리가 1년 8개월 됐을 때 새끼를 낳게 되었다. 예정일을 이틀 남겨두고 배부른 강아지를 안고 저녁도 먹을 겸 영양보충도 시킬 겸 동네 식당엘 갔는데 돌리는 음식도 먹지 않고 숨이 차서 헉헉거리는 것이었다.

그때 옆자리에 가족과 함께 온 어느 부인이 배부른 우리 개를 보더니 오늘밤 아니면 새벽 안으로 새끼를 낳을 거라고 말해 주었다. 강아지의 출산을 도와야겠다 싶어 의사에게 해산하는 기본 상식과 탯줄 자르는 법 등을 전화로 문의했다.

새벽 4시가 가까워서 돌리는 불안한 모습으로 새끼 낳을 자리를 찾는 듯 방황하는 것이었다. 미리 준비해 놓은 개집에 바깥이 안 보이도록 큰 타월로 가려주자 돌리는 그곳에 들어가서 새끼를 낳기 시작했다.

마음의 준비를 해 놓은 탓인지 나는 생각 외로 겁이 나지 않았다. 침착하게 산파가 된 기분으로 새끼를 받아 소독된 가위로 탯줄 등을 처치해 줬다.

돌리는 주인인 내가 보살펴 주는 것을 미더워했다. 20분 간격으로 한 마리 또 한 마리를 낳았고, 셋째를 낳고 끝이려니 하고 있었는데 하나를 더 낳았다. 모두 암놈만 네 마리를 낳았다.

어느새 병치레를 하던 돌리는 엄마가 되어 새끼들을 잘 돌봐 주었다. 그런데 참 신기한 일이다. 개들은 육아교육을 받지 않고도 어쩌면 본능적으로 자기 새끼들을 그렇게 잘 키우는지 신통하기까지 했다.

처음 한주일은 거의 24시간 새끼 곁을 떠나지 않고 핥아주며 돌봐주더니 차츰차츰 새끼 곁을 1미터 정도 떨어져서 지켜보다가 20일쯤 지나니까 짖는 방법도 가르치고 제법 교육을 시키는 것이 아닌가. 꼭 한 달이 지나자 젖도 안주고 젖을 먹으려는 새끼들을 으르렁대며 꾸짖기도 한다.

마치 컴퓨터 프로그램에 입력해 놓은 대로 날짜가 지남에 따라 그 프로그램에 맞춰 진행해 나가는 듯이 하는 것이다.

세상에 존재하는 많은 동물들, 아주 작은 곤충과 미생물에 이르기까지도 자기네들 방식대로 규칙적인 생태계 속에서 번식하고 삶을 지탱한다. 이 세상에 존재하는 모든 것들이 그들 각자의 질서를 지키고 있는데 경탄하면서 그 신비함이야말로 저절로 되는 것이 아니라 절대자인 창조주에 의해서만이 가능한 것이 아닌가 생각해 봤다.

지금 돌리는 맨 나중에 나온 끝순이 꽃님이와 함께 살고 있는데 새끼가 여섯 살이나 된 지금에도 아침저녁으로 얼굴을 핥아서 씻겨주는 등 모성애를 발휘하는 것을 보면 가끔 신문지상에서 보는 비정의 모성과 비교가 되어 마음이 오히려 착잡해질 때가 있다.

그 후 피아노 소곡 〈우리집 강아지 돌리〉를 어린이를 위해 작곡했다.

우리집 강아지 돌리

물방울

　한적한 오후 창밖 강변도로에는 제각기 일로 바쁜 자동차들이 신나게 질주한다. 달리는 자동차의 소음과 더불어 우리들 바쁜 일상의 단면을 지켜보면서 그 분주함과 대비되는 한적함을 찾으려 나는 시집을 읽고 있었다.

　최민 씨가 쓴 〈물방울〉이란 시가 눈길을 끌었다

> 너는
> 돌의 냄새를 아느냐
> 낡은 벽이 갈라진 틈 속에 쌓여
> 반짝이는 먼지 알맹이들을 아느냐
> 어린 넋이여
> 환상의 그물에 맺혀
> 오락가락하는 맑고 투명한 넋이여
>
> 너를 들여다보며
> 나는
> 가난을 느낀다.
> 빛도
> 그림자도

너에게 없는 것을 볼 때
나는
더러워진 내 마음의
얼룩을
붉은 상처와 고통과 풍요를 느낀다.

어둠속에 고인 홍수가
떨리고 있다.
살아 기어 다니는 게
한갓 어리석음일지라도
오늘 나는
진창위에
뜨거운 눈물을 떨구느니
오라!
시커먼 빗방울이여
쏟아져라!
소나기 속에
빛이여.

물방울의 신비와 그 영롱함을 그리고 있다. 비록 작은 물방울일지라도 티 없는 빛을 반사해 주는 그 아름다움을 노래하면서 인간의 어리석음과 얼룩 투성이의 그늘, 용기 없는 주저와 부끄러운 자국들을 느끼게 해준다.

그것은 빛의 능력이다. 빛이 나를 비춰 존재를 확인시킨다. 나아가 우리는 빛을 통해 시간과 공간을 확인한다. 빛을 보기 전엔 우리는 창조의 신비 속에 마냥 고독하기만 했을 것이다. 인간이 창작에 몰두하는 것은 태초로 떠나는 인간 확인 작업이 아닐까 싶다.

세상의 모든 것에 대한 지식이나 진리란 개념 이전의 것에 대한 존재개념, 즉 이름 지어질 수 없는 혼돈의 세계 카오스, 그 불확실성으로 인해 질서와 조화, 예의, 사랑, 겸손의 코스모스 세계를 창조하였으리라고 믿어진다.

바로 '위대한 창조주 하느님에 의한 것이다.' 라는 대답을 얻었다.

이러한 상념으로 7인의 人聲과 하프 첼레스타를 위한 〈물방울〉을 작곡할 수 있었다.

음악을 통해 표현되는 물방울의 이미지도 '신비' 그것이다.

악보위에 물방울

명동성당 돌계단과 남산 돌계단

나는 어릴 적에 명동성당 앞에 살았기 때문에 성당의 분위기에 많이 익숙한 편이다.

초등학교 1학년 때라고 기억되는데 그 무렵 인상적이던 명동성당의 돌계단 모습이 지금도 눈에 선하다. 그때 부활주일 전 40일간의 고난주간 때였으므로 매일 저녁 예수님의 고난을 기념하는 예식이 40일간 계속됐었다.

나는 하루도 빠짐없이 예식에 참석했지만 명동성당의 높다란 돌계단이 나 같은 어린 아이에게는 꽤나 부담스러운 것이었다. 중세 로마의 성직자들은 일부러 무릎으로 돌계단을 기어오르면서 유혈이 낭자한 고행을 했다지만 어린 아이인 나에게는 그런 고행의 의미가 전해질 리 없었다. 지금 생각해 보면 3단으로 나뉘어 있는 명동성당의 계단은 한 단에 20계단 정도 되었다.

그러고 보면 피아노 건반과 비슷하지 않나 싶다. 나는 이 높은 계단을 오르내리기가 지겨워지자 이걸 피아노의 건반이라고 생각해 봤다. 마침 가까운 영락교회에서 저녁 예배를 알리는 찬송 종소리가 울려 퍼졌다. 〈내 주를 가까이 하게 함은〉이란 곡이었다. 나는 성당의 돌계단을 뛰어 오르고 내리며 돌계단의 음계를 맞춰 밟았다. 어디서 배운 적은 없지만 음계의 청음력은 재봉틀 풍금 덕분인지 이미 터득이 되었었다.

돌계단은 훌륭한 피아노요, 오르간이었다. 그것은 실로폰일 수도 있었다. 영락교회에서 울려 나오는 종소리는 경건하면서도 재미있게 들렸다. 그로부터 돌계단을 밟는 나의 음악놀이도 내 생활의 일부가 되었다. 그런데 이상한 건 교회에서 울려 나오는 고운 멜로디에 또 하나의 다른 선율이 따라 다니는 게 아닌가. 그것도 듣기에 거북한 음이 그림자처럼 따라 다녀 내 귀를 괴롭히는 것이었다.

〈내 주를 가까이 하게 함은〉의 음계는 〈미-레도 도라-라〉인데 그 아래 따라 다니는 선율은 〈시-라솔 솔미-미〉였다. 느낌에 안정되지 않은, 말하자면 전혀 화음적이지 않는 선율이었다.

나는 왜 그런 현상이 일어나는 것인지 전혀 알지 못했는데 후에 대학교에서 작곡을 공부할 즈음 그 의문을 깰 수 있었다. 그 따라 다니는 선율은 바탕음의 진동수에 의해서 배음열이 생기고 그것에 의해서 완전 4도 간격으로 그림자 같은 선율이 따라 다녔던 것이다.

어릴 때 혼자서 어렴풋이 깨우쳤던 화음들이 명확한 이론으로 정립되는 순간의 희열도 꽤나 감격적인 것이었다. 역시 음악의 학문이 어렵기도 하지만 그만큼 깨우침의 감동 또한 녹록치 않은 것이다.

대학원 작곡과 재학 중일 때이다. 남산 팔각정에서 어린이회관 계곡으로 돌계단이 나 있었다. 지금은 폐쇄됐지만 그때는 약수를 뜨러 다니던 길이었다. 이 돌계단은 3개의 계단 다음에 잠시 쉬고, 또 3개의 계단이 나온 다음에 두 발자국 정도의 넓은 계단이 받치고 있었다.

이 돌계단을 인 템포로 밟고 내려온다면 하나 둘 셋 다음에 하나 둘 쉬고, 다시 하나 둘 셋 다음에 하나 둘 식으로 돼 있어 박자로 치

명동성당 돌계단

면 3/4박자 + 2/4 즉 5/4박자가 된다. 나는 그 변수 박자가 재미 있었다. 그때의 즉흥적인 악상과 템포가 어우러져 플롯과 피아노를 위한 〈Flute-Ology〉란 곡이 만들어졌다.

그 후에 데이브 부루벡의 Take Five란 재즈 발라드 곡이 5/4박자로 피아노, 드럼, 콘트라베이스, 테너 색소폰의 캄보밴드의 연주를 듣게 되었다.

정말 반가운 곡이었다. 지금까지도 많은 사랑을 받고 있다. 장르는 달라도 5/4 박자라는 공통점이 나의 경험과 일치해서 아주 즐겨 듣는 음악이 되었다.

현대음악에서는 기존 박자개념을 파괴해 나가는 광범위한 박자를 쓰는데 이런 경우에도 이론적인 전개보다 자연스런 경험에 바탕을 둔 것들이 더 큰 공감대를 형성하리라고 본다.

주변에서의 하찮은 일이라도 그것을 예술적인 안목으로 바라보며 정서를 느낄 때 아름다운 창조가 잉태된다. 예술창작은 관조에서 시발이 된다는 얘기와 같다.

살면서 늘 사물을 미적 감각으로 보는 마음가짐이 필요하다.

우리 삶을 더 풍성하게 만드는 것

가만히 생각해 보면 남의 창작 작품을 자기 나름대로 분류한다는 것은 참으로 위험한 일이다.

"모든 예술의 표현은 근본적으로 그 작가의 개성과 기질에 뿌리를 두고 있다"고 어느 비평가가 말했듯이 모든 작품은 과거나 현재의 다른 작품 또는 다른 창작가와 관계없이 그 자체로서 다루어져야 할 가치를 가진 것이다.

내가 대학원 재학 중일 때이다. 홍제동 산언덕에 올라갔다 내려오는 중에 저 아래 동네에서부터 은은히 북소리와 금속성의 징소리 같은 것들이 들려오고 있었다. 그 당시 나는 산길을 오래 걸어 심신이 지치고 피로한 상태였지만 조금씩 가까이 다가오는 그 북소리에 나도 모르게 발길이 이끌렸다.

그곳에서는 다름 아닌 굿판이 벌어지고 있었는데 내게는 그것이 또한 새로운 세계와의 만남이었다. 나는 그곳에서 리듬을 통한 신명이라는 것을 볼 수 있었다. 이때의 강렬한 인상으로 우리 무속에 대해 그 후 많은 관심을 두게 되었는데 그 이유는 바로 우리의 전통적인 소리가 그곳에 담겨 있기 때문이었다.

나는 굿으로 유명하다는 곳들을 찾아 전국을 누볐고, 여러 무인들을 만나 우리 소리에 대한 자료들을 채취했다. 발굴되지 않은 민속 자료들을 찾아내고 연구한다는 것은 재미있는 일이었다. 우리 소리에 대한 이러한 애착과 무악에 대한 관심 덕으로 〈피아노와 타악기를 위한 무악〉을 작곡, 서울음악제에서 초연했고, 이어 대만 이태리 로마 등에서도 연주돼 호평을 받았다.

내가 자료 수집차 무인들과 만나 얘기를 나누면서 느낀 것은 그들의 말들이 또한 뭔가 특별하다는 것이었다. 나중에 안 것이지만 그것은 우리의 전통적 재담에서 파생된 것들이었다. 거슬러 올라가 보니 우리의 민속극이 바로 재담의 원천이었다. 탈춤 오광대놀이, 산대놀이, 남사당놀이, 꼭두각시놀음에도 제각각의 멋과 설움과 해학적이고 유머와 재치가 가득했다. 그 가면과 가식 적인 놀음 속의 참다운 것들을 우리는 미처 보지 못하고 있었던 것이다.

나는 이런 우리 것에 대한 애착으로 관현악곡 〈덧뵈기〉를 작곡했는데 그 주제는 제목이 뜻하는 탈춤과 탈이다. 우리의 탈, 그 자체는 한 개의 물체이지만 우리는 그 탈에서 인간의 얼굴을 보게 된다. 그러므로 탈이란 인간이요, 바로 우리 자신의 모습이라고 할 수 있다.
나는 그 탈속에 담겨진 우리 조상의 웃음과 고뇌, 분노와 용기를 그렸으며 아울러 우리의 멋과 풍자와 해학을 담았다. 다양한 형태의 자유로움과 가장 외면적이면서 또한 가장 내면적이라는 탈의 본질적인 의미를 작품으로 나타난 것이 나의 〈덧뵈기〉였다.

알고 보면 우리 일상의 정서 속에 우리의 전통과 자랑스러운 장점

들이 스며있는 것이다. 우리의 내면으로 시각을 돌려보고, 그 속의
소리를 듣는다는 것도 우리 삶을 더 풍성하게 만드는 것이다.

탈 (덧뵈기)

유럽 음악의 고장

음악이 우리의 생활과 더불어 있음으로써 생활을 더욱 의미 있고, 풍부하게 해준다.

독일하면 첫손 꼽히는 게 전설어린 〈라인강〉이다. 베토벤도 라인 강을 언제나 '우리의 아버지 라인'이라고 칭했듯이 이 강은 독일의 동맥과도 같다고나 할까. 기차로 쾰른에서 슈투트가르트까지 가는 4시간 동안 강을 따라 펼쳐지는 산기슭의 경치는 마치 한 폭의 그림이었다.

라인 강변은 운하처럼 물길 따라 운송되는 바지선과 유람선이 지나가고 한참을 지나니 말로만 듣던 라인 강변 로렐라이 언덕엔 한눈에 그 전설을 보는 듯하다.

본은 베토벤의 집으로 유명한 도시이기도 하다. 나는 악성 베토벤의 집 현관에 들어서면서부터 깊은 감명과 감회에 젖지 않을 수 없었다. 고뇌와 창조의 천재 베토벤, 고독과 좌절을 가슴에 안은 채 창작에 온 정열을 쏟은 그의 숭고한 생애. 창작을 하는 한 사람으로서 어찌 태연할 수 있으랴.

그가 쓰던 안경, 바이올린, 첼로 등과 벽에 걸린 낡은 시계, 그의 머리카락, 작곡할 때 쓰던 낡은 펜, 또 몇 개의 보청기들, 그가 사랑하던 테레제에게 보낸 숨 막힐 듯 뜨거운 편지, 특히 그가 자필로 쓴 악보를 대했을 때 그의 장엄하고도 숭고한 하모니가 불현듯 귀에 울리는 듯한 감동에 나는 자신을 잊은 채 한참동안 서 있었다.

비스마르크가 베토벤의 음악을 듣고 '그의 생애는 바로 분투와 오열'이라고 한 말이 기억난다. 베토벤은 또한 엘테니 백작부인에게 보낸 편지에 '고뇌를 통한 환희'라는 말을 썼다고 한다. 이처럼 그는 고뇌와 싸워서 그의 고뇌를 승화시킨 예술의 환희를 얻은 것이다.

베토벤의 집을 나서면서 나는 지난날 그가 숨 쉬던 소리, 그의 발자국 소리를 다시 한 번 귓전에 새겨 보았다.

이러한 악성 베토벤을 낳은 독일은 한마디로 음악의 나라다.

양로원 휴게실의 스피커를 통해 들려오는 고전음악의 멜로디에서부터 어디를 가나 온통 교향곡이나 오페라 선율이 사람들의 귀를 풍요롭게 한다.

주인집 아주머니와 가정부의 대화 속에서도 바하와 모차르트의 얘기가 나오고 오페라의 아리아를 들으면서 집안일을 한다. 그들의 생활은 매우 검소하지만 음악 속에서 생을 즐기며 정신적 여유 속에서 사는 국민들인 것이다.

이태리는 중세부터 이어온 기독교 문화의 중심이요, 르네상스 문화의 터전이라 할 수 있다. 특히 로마는 거리마다 장대한 조각품이요, 어디를 가나 수준 높은 작품들이 즐비한데 특히 미켈란젤로나 다빈치를 비롯한 대 예술가들의 작품을 대하면서 실로 인간의 힘에 대한 신비의 경지를 깨닫고 숙연해진다.

이태리는 또한 성악의 나라, 오페라의 나라이기도 하다. 로마 시에 있는 콜로세움 남쪽 까라깔라 대 욕장에서는 고적의 잔재를 그대로 무대삼아 여름이면 야외 오페라를 공연하고 있다.

서기 212년 까라깔라 황제 때 기공되어 217년 완성된 이 대 욕장은 5세기 중엽까지 사용되었는데 무려 2천명이 동시에 목욕을 할 수 있었다니 가히 그 규모를 짐작할 수 있다.

이곳에서는 오페라 〈아이다〉가 특히 조화를 이루는 것 같다. 〈아이다〉 공연은 저녁 8시에 시작해서 자정이 넘은 12시 반에야 끝나는데 밤하늘의 반짝이는 별빛 아래서 세계적인 오페라 가수들의 청아한 목소리를 듣게 된다.

밀라노에서 조금 떨어진 베로나는 야외 음악당으로 유명하다. 이곳의 여름은 음악 축제와도 같아서 투란도트, 라 트라비아타, 메피스토 펠레 등의 오페라가 잇달아 공연된다.

음악은 인생을 도취케 한다. 더욱이 성악이 그러하며, 기악은 인간을 사색적으로 만든다는 말이 실감나기도 한다. 음악이 없다면 인생은 얼마나 삭막할까? 음악의 힘이란 실로 위대한 것이다. 특히 이태리인은 음악을 사랑한다. 오페라나 연주회에 간다는 것은 우리나라 사람들이 축구나 야구 구경 가듯 전 국민들이 애호한다.

오스트리아의 짤스부르크, 이곳은 다른 유럽 지역들과는 달리 알프스 산맥의 줄기를 이은 고요하고 아름다운 작은 전원도시이다. 원래 짤스부르크 음악제는 오페라 오케스트라 콘서트 각 기악 리사이틀, 세레나데, 챔버 콘서트 등의 대향연으로 황홀경을 이룬다.

저녁 연주회장에 모여드는 이들은 남녀를 막론하고 가장 화사한 야회복을 입고 마음을 가다듬는다. 이런 땐 나도 또한 악곡의 연주를 살피고, 비평을 한다는 자체가 귀찮아진다. 그대로 울리어주는 연주를 듣는데 몰입하고 싶은 것이다.

어떤 의무적이고 강압적인 목적의 대상일 뿐인 주입식 음악교육이 과연 예술을 느끼는 자연스런 인간 성장에 얼마나 도움이 될까?

예술이 마치 하기 싫은 것을 억지로 하는 숙제처럼 되어 버린다면 오히려 하지 않는 것만 못하다.

음악은 인간의 심성을 순화시킬 뿐만 아니라 마음을 뚫어 흐르는 음률이 인간 내적인 영혼의 음률과 혼합되어 삶의 질서를 창조하기도 한다. 그러므로 자연스럽고 풍성한 음악예술이야말로 우리들의 인생을 윤택하게 해주는 영적 윤활유인 것이다.

문화를 사랑하는 국민, 예술을 사랑하는 국민의 나라는 복 받은 나라다.

특히 여성들이여!

예술을 사랑하고 예술을 가까이 하라. 그러한 여성은 언제나 아름다움과 젊음을 간직할 것이다.

짤스부르크

오페라 감상을 위한 이야기

오페라는 미술, 문학, 음악, 그리고 조명예술 이외에도 무용, 합창 등이 함께 어우러진 종합예술이다. 이중에서 오페라를 이끌어 나가는 줄거리와 가수와 무용수의 의상, 무대 효과 등은 별다른 준비 없이도 공연현장에서 이해하고 감동을 얻을 수 있지만 음악적인 효과에 있어서는 이야기가 달라진다. 귀에 어느 정도 익숙한 노래일수록 공연장에서의 감동은 더욱 커지는 것이다. 그러므로 오페라를 보러 가기 전 어느 정도의 '예습'을 해두자. 이것은 오페라를 이해하는데 필수적이지는 않을지언정 분명 유익한 것임에 틀림없다.

가장 좋은 방법은 전곡 음반을 구해 대본과 함께 감상해 보는 것이다. 그렇지 않은 경우엔 대개 창작 오페라일 때는 제목에 따른 내용을 미리 알아두면 쉽게 이해하겠다.

대체로 외국 오페라인 경우엔 서곡과 아리아와 이중창 합창 등을 익혀 들어두면 감상하는데 감동을 더해준다.

오페라는 음악적으로 중요한 부분들과 그렇지 않은 부분인 대사, 레치타티보(朗唱) 등으로 이루어진다. 두세 시간 동안 귀의 긴장을 풀지 않고 있기는 힘든 일이다. 작곡자 역시 이를 잘 알고 있으므로 대사나 레치타티보 부분에서는 무대와 줄거리에만 신경 쓰게 된다. 교향악 등 순수한 연주용 악곡들은 악장마다 박수를 치지 않는 것이

바른 에티켓이지만 오페라에서는 막이 끝날 때마다 갈채를 보낸다.

그리고 아리아, 중창 또는 합창, 무용수들의 무용이 끝날 때 등 중간 중간 연주가 만족스럽게 느껴졌을 때도 박수를 칠 수 있다. 이것은 연주를 방해하는 것이 아니다. 열창하는 연주가들에게 격려와 찬사를 보내는 반드시 필요한 답례라 할 수 있겠다. 매우 감동한 경우에는 '앙코르' '브라보' 등 목소리로 환호를 보내도 무방하다. 연주가가 갈채에도 불구하고 연주를 계속 끌어 나갈 경우에는 조용히 연주를 계속 경청해야 한다.

작곡가에 따라서는 음악의 흐름이 끊어지지 않도록 작품 속 부분부분의 여유를 주는 경우도 있기 때문이다.

오페라 감상자에게 요긴한 소품으로는 오페라용 쌍안경(오페라글라스)가 있다. 극장에 따라서는 신분증을 맡겨두면 적은 금액으로 오페라글라스를 대여해 주기도 한다.

오페라극장에 갈 만한 시간의 여유가 없는 사람들에게는 가정에서 오페라 영상물을 감상하는 방법도 권할 만하다. 그러나 오페라는 현장에서 감상하는 것은 살아있는 감동을 주기 때문이다.

일단 오페라에 맛을 들인 사람이라면 그 음반수집의 재미는 다른 음악장르에 비해 크다. 전곡 음반 외에도 오페라 한 곡을 CD 한 장에 압축한 하이라이트 음반, 성악가 한 사람이 다양한 오페라의 아리아들을 노래하는 독집 음반, 그밖에 듀엣음반, 합창곡 음반 등을 취향에 맞추어 모아들일 수 있기 때문이다. 그러나 무작정 음악의 선율 속에만 빠져드는 감상법 보다는 작품이 생겨난 시대배경과 작곡가들이 속한 음악사의 조류를 함께 알아둔다면 훨씬 이해하기도 쉽고 감동도 커진다는 사실을 잊지 않는 것이 좋다.

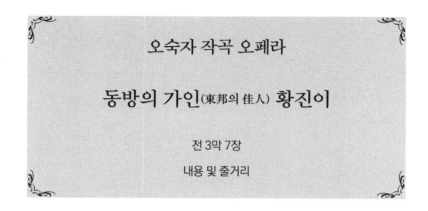

오숙자 작곡 오페라

동방의 가인(東邦의 佳人) 황진이

전 3막 7장

내용 및 줄거리

오페라 〈동방의 가인 황진이〉에서의 황진이에 대한 전혀 새로운 해석은 전통이란 범주 안에서의 아름다운 한국여인상을 발굴하자는 노력에서 비롯되었다.

우리 고전 속의 여인상 '춘향'은 정절을, '심청'은 효성을 대표하고 있지만 진정한 여성으로서의 자아를 주장한 재원은 '황진이'라고 할 수 있다.

황진이에 대한 해석은 많은 부분이 그의 성적인 매력을 과시하는 데 치우쳐 있으며 기생이란 특별한 신분에 대한 달갑지 않은 선입견에서부터 극적 효과를 강조하기 위한 의도적 왜곡이 심하다는 사실을 간과할 수 없다.

오페라 〈동방의 가인〉에서는 황진이야말로 진정한 아름다움을 지닌 한국여성일 뿐 아니라 스스로 여성의 자주를 선언하고 여성비하의 사회적 여건에 저항한 선각자이기도 하다.

황진이는 지와 예와 덕을 두루 갖춘 여류문사로서 고귀하고 강한 자의식을 가진 아름다움의 대명사였고, 그가 남긴 많은 작품이 현존함에도 저속한 상품성을 강조한 상업적 의도 속에 그녀에 대한 오해와 왜곡이 상존해왔다는 것은 매우 유감스럽다.

알고 보면 황진이의 저항적 삶과 그의 자주의식에 대해서는 한국의 '노라'라 칭할 만하다.

황진이는 기생이었지만 그녀를 단순한 기생으로 보아서는 안 된다. 그녀가 왜 기생이 되었는가 하는 이유는 오페라의 전개에 있어서도 매우 중요한 요소가 된다.

황진이가 스스로 기생이 되겠다고 한 것은 당시의 여성에 대한 압박에 저항하는 극단적 수단이었다. 여성이라는 이유로 핍박받고 순종을 강요당한 채 한스런 여인의 삶을 사는 조선시대 여인에서 탈출을 선언한 것이 황진이였던 것이다.

오페라 〈동방의 가인〉은 우리의 자랑스러운 창작 오페라를 세계에 내보이자는 의도와 함께 아름다운 한국의 여성상을 보여주자는 시도 하에 새로운 해석의 황진이를 발굴한 것이다.

〈동방의 가인〉 원작은 지성과 감성을 겸비한 아름다운 한국여인과 그녀의 뛰어난 사상을 보여주면서 또한 조선조의 미녀 황진이의 화려한 삶의 이면에 드리운 비극적이며 지고지순한 사랑을 재조명하여 세계에 내보일 '한국미인도'를 그려낸 것이다.

〈동방의 가인〉의 원작은 오페라 자체를 위해 쓰인 오페라전문 대본으로(원작:최명우) 그 극적 전개 또한 다이내믹하면서도 서정적인 한국의 미를 표출하는데 신경을 쓰고 있다. 한국적 특성을 요소요소에 가미하도록 극중에 여유를 두고 있으므로 연출의도에 따라 동방의 가인은 어느 대형 오페라 못지않은 대서사극으로 확장 발전시킬 수 있다.

원제는 외국에 생소할 수도 있는 주인공 이름의 타이틀 롤 대신 Oriental Beauty 〈Hwang Gini〉 란 표제를 선택해 국제적 이해를 돕고 있다.

서막

서막은 동방의 신비와 주인공 황진이의 아름다움을 강조하면서 환상적인 무대를 꾸며 시작부터 관중을 압도한다. 한국전설 '선녀와 나무꾼'을 원용하여 선녀의 하강으로 시작되는 무대는 황진이의 배경인 개성의 송도삼절을 상징하면서 황진이의 운명적 삶을 암시한다.

〈선녀의 합창〉 그리고 황진이 아리아 〈세상은 참 아름다운 것〉 선녀와 무지개 폭포수 그리고 아름다운 여인과 천상의 소리로 꾸며지는 서막은 신비로운 대서사시의 출발인 만큼 무대 연출이 장대하고 화려해야 한다.

무대연출의 창조적이며 조명예술의 현대적인 기법을 총동원하도록 작곡자와 원작은 요구하고 있다.

1막 1장

황진이의 집. 황진이의 삶의 배경. 향토의 소박하고 아름다운 정경을 보여주며 이곳에서 그녀가 평범한 여인의 삶을 포기하게 되는 사건이 발생한다.

황진이 애절한 아리아 〈어여쁘신 내 어머니〉가 나오고,

자신 때문에 상사병으로 죽은 총각의 저승길을 위로하다 구설에 오르는 황진이는 양반의 소실로 서러운 조선여인의 삶을 사는 어머니를 통하여 핍박받는 여성의 한을 노래한다.

황진이는 마침내 여인의 자주를 선언하며 기생이 되겠다고 외쳐 운명적 삶의 분기점을 만들고……. 조선조의 삶의 배경, 상여장면의 기교적 처리 등을 통한 한국인의 전통성을 강조.

1막 2장

동네 전경. 먼 산 경치 아름답고 근처 계곡엔 아낙네 머리감는 모습 보인다. 단오 날이다.

단오축제를 통해 우리의 멋을 강조한다. 큰 놀이마당을 구성, 한국의 멋과 흥을 관객에 듬뿍 선사.

전통 사당패의 연희와 탈춤 각종 기예가 펼쳐지고, 구경꾼과 놀이 나온 마을 사람들의 합창이 어우러지면서 절정의 축제 카니발을 선보인다.

황진이의 아름다움에 그녀를 희롱하는 동네 총각 건달들과 함께 이사종 서경덕도 등장하여 앞으로 전개될 운명적 사건의 발단을 암시.

2막 1-2장

재사들의 연회장, 기생이 된 황진이는 가무음곡에 빼어나고, 해박한 상식과 뛰어난 문장력을 갖춰 당대의 재사들과 시문(詩文)으로 화답하는 명기로 이미 정평이 나 있다.

전국의 재사들이 모인 화려한 연회장은 당대의 명기 황명월(황진이의 기명)을 보러온 내로라 하는 남성들로 열기가 훈훈하다.

기생들의 기예가 펼쳐지고 나면 송도유수, 이사종, 소세양의 3중창 〈그대를 위하여〉를 부르며 제각기 황명월을 향한 구애를 다툰다. 기생으로서 요염하고 당당한 황명월의 특별한 모습을 볼 수 있다.

극 전개에 따라 이곳에서 이사종과의 극적인 만남이 이뤄지고 황
진이를 놓친 소세양은 시인으로서 아리아 〈달빛아래 뜰에는〉을 노
래하면 화답으로 황진이의 아리아 〈곤륜산의 고운 옥〉을 열창한다.
황진이는 이사종과의 6년간의 계약 사랑을 전제로 참 여인으로서의
새로운 삶을 시작한다.

그로부터 6년 뒤 황진이는 약속된 6년의 시한을 알리고 이사종과
결별한다.
이사종의 아리아 〈잡고 있으면 머물 텐가〉에 화답하는 황진이는
"님 그리는 정 하나만은 변할 길 없다"며 그러나 자신이 원하는 운명
의 길을 확연히 선택한다.

3막 1-2장 ────────────────

화담연못이 있는 서경덕의 초당. 일찍이 서경덕을 학문적으로 흠
모하던 황진이는 서경덕의 제자가 되기를 청하여 그를 위한 사랑과
헌신의 나날을 보낸다.
서경덕과의 플라토닉한 사랑을 통해 행복을 추구하는 황진이는
그러나 어느 날 갑자기 자신이 서경덕의 장래를 가로막는 짐이 된다
는 사실을 깨닫고 홀연히 그의 곁을 떠나 버린다.
그 역시 황진이를 마음 속 깊이 사랑했던 서경덕은 비통한 심정을

노래하면서 그들에게 주어진 운명적 사랑을 필연의 고통과 큰 희생으로 받아들인다.

사랑을 위해 자신을 희생하는 사랑의 극치를 보여주는 무대.
황진이가 남긴 서한을 읽은 뒤 〈난초는 빼어나고〉를 부르며 흐느끼는 서경덕의 남성적 사랑을 부각시킴.

3막 3장과 종장

황진이의 사랑 역정과 한 많은 삶을 서사적으로 정리하고 황진이의 승천에 따른 환상적 무대로 대서사시의 대단원을 꾸민다.
황진이가 자신의 저항적이면서도 사랑하는 사람들을 위해 자신의 희생을 감수한 지고지순한 사랑의 경력을 감동적으로 서술한다. 환상으로 서경덕의 영혼과 2중창 〈꿈길에서〉를 노래하며 사라진다. 꿈이었다. 예감으로 서경덕은 이미 이 세상 사람이 아님을 느낀다.

황진이가 세상을 떠남으로써 그녀가 남긴 희생의 보수가 무엇인지를 깨닫고 관객들은 감동한다.

출연자 전원의 대 합창 마치 진혼곡처럼 〈오! 진이 황진이〉와 함께 펼쳐지는 피날레 장면, 즉 선녀와 함께 승천하는 황진이는 관중들의 뜨거운 감동의 눈물을 재촉하며 기립박수 속에 큰 막이 내린다.

　관객들의 가슴속엔 새롭게 인식된 황진이의 아름다운 모습이 아
로새겨져 오래도록 여운을 남길 것이다. 세계인의 가슴에 모두….

오숙자 오페라 동방의 가인 '황진이' 작곡자 무대인사

현대인과 현대음악

모든 예술가의 일은 창작하는 일이라고 할 수 있겠다. 이 가운데서 특히 음악의 창작은 음으로 만들어진 가상, 즉 창작자의 환영으로부터 시작되어 지각할 수 있는 다이내믹한 형식과 정리된 템포의 형태로 표현되는 것이다. 그러므로 음악은 순연한 가상의 진동에 의해서 시간이라는 청각적 가상, 즉 감각적 시간이라 할 수 있는 청각적 가상을 표현하는 것이다.

그런데 이 가상이란 것은 창작에 있어서 대단히 중요한 뜻을 지닌다. 창작자들은 사물을 대할 때 보통과는 달리 추상적으로 바라보기 위해서 감각에 호소하는 환영을 만들어 낸다. 그것은 경험속의 눈에 보이는 요소와 귀에 들리는 요소를 추상하고, 다른 필요 없는 요소를 대담하게 제거해 가장 청각적 효과를 필요로 하는 것을 택하게 되는 것이다.

이런 추상적인 음악 창작은 과학이나 수학에서 다루는 보통의 방법으로는 이해하기 곤란할 것이다. 그러나 음악은 넓은 의미로 순연한 가상의 이미지를 창조하는 것이라고 생각한다면 그러한 문제는 별로 중요한 것이 될 수 없다.

음악적 환영의 빛을 발견하고 지속하며 표현하는데 도움이 되는 것은 다 음악에 속하는 것이다. 언어는 물론이요. 일반적인 자연에서 생겨나는 소리(바람, 비, 새들의 노래 등)는 물론 인위적으로 만들어진 소리나 소음조차도 음악의 요소가 된다.

음악의 창작이란 이런 소재를 가지고 창작자들이 자신이 추구하는 지성과 미의 욕구에 의해서 최고의 현실로 만들어 내는 행위인 것이다. 이렇게 추구되는 아름다움이란 다만 훌륭한 음악인가, 서툰 음악인가 하는 어느 하나로 구분될 뿐 추하거나 나쁜 음악으로는 될 수 없다고 생각한다.

우리 주변을 살펴보자. 라디오나 TV와 같은 메스미디어 뿐만 아니라 영화나 연극을 통해서도 흔하게 현대음악을 접할 수 있다. 현대음악은 일반 대중과는 거리가 먼 것으로 알고 있고 더러는 공감대를 찾지 못하고 있다고 말하고 있지만 우리가 모르는 사이에도 끊임없이 양적으로 점점 우리들 앞에 접근하고 있다. 그런데 대부분의 사람들은 현대음악을 대하면 무엇인지 모르겠다는 표정들이며 그것도 음악인가 하면서 반발하고 부정하는 이들도 있다.

그러면 현대음악을 이해하기 어렵다고 하는 원인이 어디에 있을까?

그 원인 중의 하나는 현대음악이 난해하다고 말하는 사람들 스스로가 이해하려는 노력을 하지 않고 있기 때문일 것이다. 그들은 얼마나 현대음악을 이해하려고 노력했는가? 다시 말해서 현대음악을 이해하기 위해서 얼마만큼이나 현대음악 발표회에 가 보았으며, 현대음악을 감상해 봤는가 하는 것이다.

물론 사람마다 취향이 같을 수는 없으나 현대음악을 전혀 모르겠다는 사람들 대부분이 현대음악을 이해하기 위한 어떠한 노력도 하지 않는다. 다시 말해서 단어나 문법에 대한 지식을 갖고 있지 않은 채로 외국어를 단번에 읽어서 이해하려는 것과 마찬가지인 것이다. 그렇다면 현대음악을 이해하기 위해서 그 구조와 형식을 알아야 하고 악절에 쓰인 화음과 악기까지도 알아야 할 필요가 있는가 하는 반문이 있을 수 있다.

하지만 그것은 음악적 가치관에 있어서 필요한 조건은 아니다. 즉 귀에 들려오는 악절 속 감정의 흐름을 들어야 하며 그 소리를 내주는 악기들이 숨은 요소로 되어 있는 청각적 가상을 듣는다는 것이 중요하다. 즉 듣는 이는 결코 다른 사람들의 눈치를 살핀다든지 지적 열등감을 가질 것이 아니라 창작자가 들어 달라고 작곡한 바로 그것을 들어야 하며, 바로 그것을 들을 수 있는 귀를 훈련하는 노력이 필요하다.

누구라도 음악을 들으며 청각적 느낌의 가상을 창조할 수 있다는 것은 행복한 일이다.

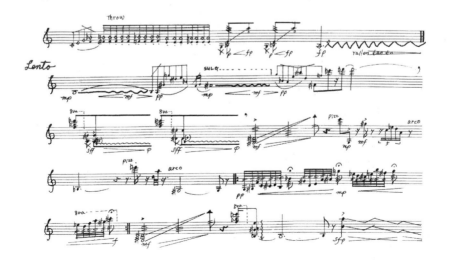

오숙자 작곡 '바이얼린을 위한 숀' 중에서

삶과 사랑과 음악과 컴퓨터

시인 김달진 님은 〈임의 모습〉을 이렇게 그리고 있다.

어디고 반드시 계시오라 믿기에
어렴풋 꿈속에 그리던 모습
어둔 방 촛불인 듯 내 앞에 앉으신 양
아 이제 뵈는 모습 바로 그 모습이네

사랑의 모습을 다소곳이 표출하는 이 몇 줄에서 나는 나대로의 악상을 떠올린다. 작곡을 하는 사람에게 제일 중요한 것은 무에서 유로 창조되는 바로 이 악상이다.

어찌 보면 그것은 임의 모습같이 구체적이면서도 또한 아련한 것이기도 하다. 환히 떠올랐다 스러지기도 하고, 아스라이 떠오른다 싶지만 꿈인 듯 잡힐 듯 말듯 애를 태우기도 한다. 그래서 사랑하는 사람에게는 음악이 가장 가까운 것인지도 모른다.

찢어진 영혼의 상처를 어루만져 위로하는 것도 음악이요, 아픈 가슴을 짓이기고 통렬한 아픔을 유발시키는 것도 또한 음악이다. 이처럼 음악은 사랑이란 특성과 맥락을 같이 하고 있어서 매우 감성적으로 다루지 않으면 안 되는 주제인 것이다.

사랑의 맛이란 태고의 신비를 그대로 간직한 듯 결코 인스턴트식품 같은 것으로 비유할 수가 없다. 음악도 또한 그러하다.

요즘은 컴퓨터 시대가 돼서 모든 것이 편리하다. 컴퓨터는 사람을 달에 올려놓고 우주를 산책하게 하는 신비를 낳고 있지만, 단 한 가지 사람의 감성만은 어쩔 수가 없다.

음악의 세계에 있어서도 컴퓨터가 공헌하는 바는 지대하다. 이제는 작곡도 컴퓨터를 이용할 수 있어서 아주 작업이 수월해졌다. 건반만 두드리면 컴퓨터가 척척 알아서 악보를 그려내고, 화음과 리듬도 받쳐 주고 쓱싹 인쇄까지 끝내주는 것이다.

요즈음 안방 노래방이라고 해서 납작한 상자 크기의 '미디' 하나만을 오디오와 연결하면 버튼 한두 개를 조작하는 것으로 1천곡 2천곡의 가요, 가곡, 팝송들을 골라 들을 수 있다. 컴퓨터가 셀 수도 없는 많은 소리를 자유자재로 낼 수 있는 것이다.

그러나 이처럼 편리한 컴퓨터 음악도 음악의 순수성 쪽으로 따진다면 역시 천연식품과 인스턴트식품의 대비 같은 느낌을 받게 된다. 사랑이란 것이 편리한 즉석 만남이나 의도적 결합으로는 영혼의 기쁨을 이끌어 낼 수 없듯이 음악도 편리의 추구만으로는 만족할 수 없는 대목들이 많다. 음악은 사랑처럼 아프고 감미로워야 하기 때문이다.

피아노 건반을 탄주해 보면서 머릿속에 그려지는 신비한 악상을 일일이 손으로 사보하는 고전적 작곡이야 말로 작품의 무게를 더할 것 같은 느낌이 드는 것이다.

나는 일찍이 컴퓨터시스템으로 작곡을 해왔다. 얼마나 편리하고 좋은지 모르겠다. 그러나 때때로 나는 이런 편리에서 오는 안일함이 악상의 무게를 줄이지 않을까 하는 우려 때문에 옛날처럼 연필로 악보를 그려보기도 한다.

우리의 삶과 사랑도 편리하고 다채로워졌다. 컴퓨터로 짝을 찾고 컴퓨터로 사랑의 환희를 가늠하는 작업을 시도하기도 한다. 그러나 그 편의에 사로잡힐 것만은 아니다. 사람에게는 역시 자신에게 최선을 다하는 진술함이 필요하다.

나의 삶과 사랑과 창작에의 열의는 역시 인간적인, 진실로 인간적인 고뇌에서 뜸 들여 지는 것이 아닌가 싶다. 가을의 과일이 마지막 태양의 열기로 듬뿍 단맛을 들이듯 나도 그렇게 스스로를 익히는 삶을 갖고 싶다.

가을 강

장군은 장군다워야 하고

남자는 남자다워야 하는 도덕률이

원술을 비참한 운명에 빠뜨리지만

자신과 가족과 나라에 최선을 다 하여야 한다는

그 뚜렷한 도덕률이야말로

원술을 다시 일으키는 원동력이 되었다.

우리들 누구에게나 시련을 극복하고자 하는

영웅적 속성이 있게 마련이다.

화랑

영웅적 속성

음악회에 정장을 하고 오는 저명인사들을 볼 때마다 참 멋도 있고 더러는 부럽기까지 하다는 생각을 하곤 한다. 인생을 멋있게 산다면 이 이상 더 보기 좋은 모습이 어디 있겠는가 하는 것이다.

돈이 아쉽겠는가, 명예가 부족하겠는가? 예술까지 이해하는 그 풍부한 여유가 남에게는 부러운 모습으로 비치고 존경심마저 우러나오게 한다. 그러나 이제 와 알고 보니 그 유명한 인사들 가운데 겉만 번드르르 하고 속은 썩을 대로 썩은 부정한 사람들이 한둘이 아니었단 얘기다. 그 멀쩡한 껍데기를 내세워 부정을 저질렀으며, 온갖 비리로 치부한 검은 돈으로 자신을 치장하기에 바빴던 것이다.

그들은 일단 성공한 사람으로 보이고 무수한 인생의 시련을 이겨낸 영웅같이 생각되지만 속을 까놓고 보면 극단적 이기주의자요, 저밖에 모르는 소인배에 비겁자였던 것이다.

가끔 우리의 정치적 현실에서 뉴스에 나타나는 위선자의 주인공들이 있다. 사람이 세상을 살다 보면 온갖 시련과 맞닥뜨리게 마련이지만 그 시련을 어떻게 처리하느냐가 중요하다.

내가 작곡한 오페라 〈원술랑〉의 주인공 원술은 그 어느 누구보다 큰 시련에 봉착하는 비련의 주인공이다. 김유신 장군의 아들이며 문무왕의 부마가 될 고귀한 신분을 지니고 있지만 전쟁에서 패전 한 뒤 부상해서 돌아왔다는 이유 하나만으로 그는 살아있는 시체가 되고 마는 것이다. 서슬 시퍼런 도덕률이 그를 용납지 않은 것이다.

장군은 장군다워야 하고 남자는 남자다워야 하는 도덕률이 원술을 비참한 운명에 빠뜨렸지만 자신과 가족과 나라에 최선을 다해야 한다는 그 뚜렷한 도덕률이야 말로 원술을 다시 일으키는 원동력이 되는 것이다.

내가 〈원술랑〉을 사랑하는 이유는 이것이 나의 작품이어서 그렇기도 하려니와 이 작품 속에 도도히 살아 흐르는 한국인의 도덕과 정신이 자랑스럽기 때문이다.

내가 이 오페라 〈원술랑〉을 세계에 내놓기 원하는 것은 예술작품 오페라로서의 음악성을 평가 받기 이전에 이 작품에 담겨있는 '한국의 얼'을 보여 주려함이다.

어찌해서 우리 한국의 얼이 실종되었단 말인가? 원술은 "이 한 목숨 다 바쳐 나라를 지키겠다."고 약속했고, 아버지 김유신은 아들 이전에 신라의 화랑인 원술에게 "화랑에게 죽음은 있어도 패전은 없다"고 격려했다.

그러나 원술은 전장에서 죽지 않고 부상한 탓에 구차한 목숨을 이어가야 했으며 아버지의 죽음에도 임종을 거절당해야 했다. 그 뒤 원술은 무명의 용사로 다시 전장에 나가 구국의 영웅이 되고 왕으로부터 부마가 되어줄 것을 요청받지만 그는 끝내 자신이 죄인임을 부정하지 않는다.

우리 정치 지도층 사람들이 원술랑의 모습을 통해 뭔가 생각이라도 좀 해봤으면 얼마나 좋았을까? 다시금 발전되어 세상을 바라보면서 원술의 이야기가 우리의 의식개혁에 도움이 되었으면 싶다.

어려운 여건을 딛고 서서 우리자신의 나약함을 극복하려는 한국인들의 열망이 끝내 역사의 흐름을 되살려 놓았다고 할까? 우리들 누구에게나 시련을 극복하고자 하는 영웅적 속성이 있게 마련이다.

화랑

〈0〉 하나는 떼고 산다

예의범절이나 도덕성이란 마치 수학의 제로, 즉 〈0〉과 같은 것이 아닌가 싶다. 그 자체로서는 가치가 없는 것들이지만 다른 것에 붙여지면 끝없이 가치를 더해 줄 수 있기 때문이다.

정치판에선 〈재산공개〉 게임이 큰 관심을 끈다. 그중에선 〈0〉하나 떼고 노는 사람들이 많았다는 추측이 난무하기도 했었다. 그러고 보면 앞에서의 말이 딱 맞는 말이다. 재산공개 때 〈0〉을 뗀 사람들은 재산의 〈0〉을 뗀 것일까, 양심이나 도덕성의 〈0〉을 뗀 것일까?

요즘 지적 소유권에 대해서도 관리가 강경해져 이제는 가짜의 양산이나 제품의 모조 행위에 강력한 형사처벌을 규정하고 있다.

가짜란 원래 싼 맛 때문에 알고도 산다고 하지만 국제 위조품 방지 연합회에서는 소비자들에게 모조 상품들이 겉보기처럼 결코 그렇게 싼 것이 아니라는 것을 알려주는데 힘을 쏟고 있다.

가짜에 속지 않기 위해서는 이를 식별하는 능력을 길러야 한다. 가짜 상품을 속아 사는 위험을 줄이려면 믿을만한 가게에서 물건을 사야한다. 평판 좋은 가게에서 물건을 사면 그나마 잘못 산 것에 대해서 물려받거나 돌려받을 수는 있기 때문이다.

또 물건을 살 때는 상표 가격표 포장 따위를 점검하고 품질을 잘 살펴봐야 한다. 싸구려 재료를 쓰지 않았는지, 겉만 번지르르한 것이 아닌지…….

오래전 어떤 인기 코미디언 출신의 국회의원이 의원직을 사퇴하겠다고 했을 때 나는 그것은 참 잘하는 일이라고 생각했었다.

"내가 웃기는 데는 제1인자인 줄 알았는데 국회에 들어가 보니 다들 정말 웃기고 있더라."

그가 이런 말을 했는지 안 했는지는 모르겠지만 짐작컨대 국회에 들어가 보고 느낀 게 많았던 것만은 틀림없었는가 보다고 생각했었다. 그런데 그도 시간이 좀 지나자 의원직 사퇴를 번복하는 코미디를 다시금 보여 주는 게 아닌가? 지금은 이 세상에 없는 코미디의 황제인 그는 저 하늘에서도 편히 쉬지 못하고 여전히 이상하게 흘러가는 정치판을 마음 놓고 바라볼 수 있는 지 궁금하다.

사실 웃기는 전문가를 국회에 투입한 유권자들이야 말로 스스로 웃기는 일을 저지른 것이 아닌지 모르겠다.

모조품으로 인한 피해를 줄이려면 먼저 소비자들의 인식이 올바로 돼 있어야 하듯이 정치판도 그렇다. 정치판을 나무라기에 앞서 모조 정치인, 불량정치인을 양산한 것이 누구인가, 정당이란 믿을만한 가게는 어디 있는가? 이제는 정치인도 품질을 찬찬히 살펴봐야 한다는 데 인식을 같이 하는 수밖에 없다.

어느 가게에 그럴듯한 스포츠 웨어가 전시되어 있었다. 라코스테란 상표에 악어 마크가 붙어 있었는데 똑같이 생긴 또 다른 것엔 캘빈 클라인의 상표가 찍혔고, 랄프 로렌의 폴로가 있는가 하면 조르

지오 알마니도 있는 것이다.

"없는 게 없네, 구찌는 없나요."

"왜 없습니까, 내일 가져다 드리죠."

한때 유행했던 〈세상은 요지경〉이란 노래처럼 온통 '짜가'투성이다. 상품이건 사람이건 잘보고 고를 일이다.

현모 악처

최근 대통령을 주인공으로 한 대통령 유머집이 꽤 인기를 끌었다. 어느 나라나 통치자에 대한 예의가 있게 마련인데 얘기의 내용인 즉 이미 있었던 이야기를 다시 꾸민 것들이 많은데 그 주인공에 대통령을 대입해 놓으니 느낌이 훨씬 좋더라는 얘기다. 이것은 그 어느 때보다 대통령에 대한 친근감이 두텁다는 사실을 말해주는 것이다.

미국의 제30대 대통령을 지낸 캘빈 쿨리지는 성품이 소박 강직하면서도 유머러스한 일면을 지니고 있어 여러 가지 일화를 남기고 있다. 한 번은 대통령의 영부인 그레이스 여사가 초상화를 그리게 됐을 때의 얘기다.

그레이스 여사는 초상화를 그릴 때 하얀색의 콜리종 개를 데리고 포즈를 취했으면 했다. 그러자 그림을 맡았던 화가 하워드 챈들러 크리스티는 영부인에게 애견이 흰색이므로 빨간색 드레스를 입는 것이 좋겠다고 말했다.

평소 검소한 생활을 강조해온 쿨리지였으므로 그레이스 여사는 비록 대통령 영부인이더라도 제대로 입을 만한 옷들을 갖고 있지 못했다.

부인은 "초상화를 그리려는데 필요해서 그러니 빨간색 드레스 한 벌을 해 달라"고 남편에게 간청했는데 대통령은 잠시 생각하더니

"좋은 수가 있다."며 대안을 제시했다.

"당신이 흰옷을 그대로 입고, 개를 빨갛게 칠하면 어떻겠소?"

자고로 나라의 정치건 한 가정의 가사건 여자의 입김도 적잖이 작용을 한다는데 우리의 경우도 그러한 실상을 가끔 접하게 된다.

아무리 부부 일심동체라 하지만 남편의 직위를 자신의 것으로 착각하는 썩 잘난 여인이 있는가 하면 남편 몰래 힘 좀 쓰곤 하다가 그 일등 내조가 그만 화근이 돼 아예 남편의 신세를 망쳐놓는 '현모악처'도 있게 마련이다. 아내를 탓할게 아니라 아내 잘못 거느린 남편도 죄라면 죄가 되는 것인가 보다.

'암탉이 울면……' 하는 경구는 바가지 긁는 예쁜 아내를 탓하는 것이 아니라 푼수 모르고 날뛰는 '뻔순이'나 '여성 불감증'에 대한 일침이다. 신발이 어느 쪽이 끼는지는 신고 있는 사람만이 안다.

집안 여자 단속은 남편이 할 일이다.

사심 없이

보통 사람들은 이 세상에 제일 부러운 사람이 '재벌 2세'라고들 한다. 재벌의 창업주보다 2세가 더 좋은 것은 그야말로 잘난 아버지 때문에 나면서부터 그대로 '공자'가 됐기 때문이다.

재벌의 2세가 되는 법. 그것은 간단하다. 재벌을 아버지로 두지 못했다면 아버지를 재벌로 만들면 된다. 현실성이 없는 얘기이긴 하지만 이론적으로야 내가 지금 재벌의 2세가 아니더라도 아버지를 재벌로 만들면 재벌의 2세가 되는 것이다.

하기야 아버지를 재벌로 만들 수만 있다면 내가 재벌이 되고 말지.

요즈음 책도 재벌에 대한 책이 많이 팔린다. 사람들이 그만큼 관심을 가지고 있다는 얘기다. "나는 재벌이 될 수 없을까"하는 허황한 꿈을 가졌다기보다 적지만은 그래도 확실히 손에 잡히는 돈을 만드는 법은 없을까 하는 바람을 가진 탓일 것이다.

세상을 살아본 사람들은 잘 알겠지만 적은 돈을 만든다는 것도 쉽지 않은데 재벌같이 떼돈을 버는 수완이란 보통사람으로서는 상상조차 할 수가 없다. 돈을 다스린다는 것도 근본적으로는 사람을 다스리는 데서 비롯되는 것이어서 돈을 버는 비결은 결국 용병술에 있다고 해도 좋을 것이다.

옛날 봉건시대의 군주들은 만인지상의 위치에 있으면서도 늘 노심초사 하지 않을 수가 없었다. 그것은 언제 어디서 모반이 일어나 쿠데타로 모든 영화와 목숨을 일순간에 잃어버릴지 몰랐기 때문이다.

중국의 춘추 전국시대에는 쿠데타에 의해 죽음을 당하거나 축출된 군주들이 수십 명에 이른다. 그들은 이러한 변란으로부터 몸을 지키기 위해 갖가지 술수를 다 썼다.

그 중의 한 가지는 군주가 자기 본심을 보여서는 안 된다는 것이었다. 〈군주가 자기의 좋고 싫음을 표면에 나타내면 신하들은 발돋움을 해 보이거나 겉치레를 꾸미거나 한다. 군주의 욕망을 알게 되면 신하들은 허점을 이용할 길을 얻은 것이다.〉

누구나 잘 아는 〈삼국지〉에서 보면 조조 밑에서 대세를 노리던 유비가 숙소 뜰에서 채소나 심고 있는 장면이 나온다. 조조에게 본심을 감추기 위해서다.

조조는 유비에게 묻는다.
"현세의 영웅이라면 누구누구를 꼽을 만한가?"
조조는 유비가 이름을 댄 인물들을 남김없이 제거해 버렸다. 그리고 또 조조는 유비를 불러 말했다.
"이제 가슴에 대망을 품은 영웅은 당신과 나 뿐인가 보오."
그 말을 들은 유비는 이제 모든 것이 탄로 났구나 하는 생각에 얼굴빛이 하얘지면서 들고 있는 젓가락을 떨구고 만다. 절체절명의 순간, 그러나 공교롭게도 그 순간에 천둥이 울린다. 유비는 말한다.
"천둥에 놀라 그만 추태를 보였으니 용서하십시오."
유비는 간신히 고비를 넘기고 훗날 난세의 영웅이 된다. 남에게 속을 보이지 않는다는 일은 정말 어려운 것이다.

지금이 난세인가? 무엇 때문에 속을 감추고 살아야만 하는가. 지금은 진실이 우선해야 할 시대이다. 진실 속에 사는 일이란 곧 사심 없이 사는 것이고 속을 감출 일도 없는 것이다.

음악과 마주한 자신의 모습을 생각해 보라. 사심이 없다는 것이 우리 삶을 얼마나 편케 해주는 것인지 새삼스레 깨닫게 된다.

공범자

요즘은 돈 때문에 그렇게 고고하던 사람들이 큰 낭패를 당하고 있다. 돈이 좋은 것이긴 하지만 돈이 없다고 인생이 끝장나는 것은 아니다. 돈에 대해서 흔히 하는 말로 "돈을 잃는 것은 그리 큰 일이 아니다. 오히려 용기를 잃는 것은 많은 것을 잃는 것이다. 그러나 명예를 잃는 것은 모든 것을 잃는 것"이라고 한다.

그런데 문제는 돈 잃고, 용기 잃고, 명예마저 잃어버리는 것이다. 돈에 너무 탐닉한 탓이다. 돈에 독이 있는 줄 미처 몰랐던 것이다.

예전엔 이렇게 말했었다.

"근면, 절약 그리고 절제를 추구하는 것은 그것들이 부를 쌓아 주는 것이 아니라 인격 도야에 도움을 주기 때문이다."

그러나 요즘은 표현을 달리 하는 수밖에 없다.

"근면, 절약 절제를 추구하는 이유는 그것이 위신을 지켜 주는데 도움을 주기 때문이다."라고 해야 할까보다.

입으로는 근면 절약을 외쳐 대며 없는 자의 인고를 밟고 서서 뒤로는 자기 땅에 호박씨 거름을 주던 그 평수 넓은 얼굴들이 이젠 얼굴 가리기 민망한 지경이다.

영국에는 이런 조크가 있다.

〈어느 시골 은행의 지점장이 오후 4시가 되자 정문을 잠그라고 부하 행원에게 지시를 했다. 한가한 시골이라 은행을 이용하는 손님이 많지 않은 터였다. 문을 잠그러 갔던 행원이 쭈뼛거리며 지점장 앞에 오더니 "저, 지점장님, 문이 이미 잠겨져 있는데요, 아침에 문 여는 걸 그만 깜박 잊었나 봅니다.">

더러는 사람들이 은행과 떨어져서 사는 것도 괜찮은 일이다.

사실 근검이니, 절약이니, 절제니 하는 것들은 고통을 수반하는 행위들이다. 돈과 떨어져서 살면 구태여 근검이니 절약이니 하며 얽매이지 않아도 된다. 그런데도 우리는 돈 때문에 고통분담을 요청받는 시대에 산다.

우리도 어차피 이미 저질러진 일에 대한 공범자임을 자인하는 용기를 가져야겠다. 죄지은 자에게 던질 돌을 찾기 전에 내 몫의 양심과 염치부터 챙겨야겠다.

'돈이면 다'라는 생각은 착각이다.

세상엔 돈으로 살 수 없는 것도 많다. 이미 알고 있는 이야기이지만 돈으로 건강을 살 수 없고, 돈으로 행복을 살 수 없지 않은가? 돈보다도 더 값진 것을 찾는 데로 눈을 돌려 보자.

우리는 더 이상 과거의 공범자일 수가 없다.

돈이 가치를 낳는 것이 아니라 가치가 돈을 물어다 주는 새 시대를 만드는 것이 지금 우리의 할 일이다.

창공에 뜬 작은 백구여

누가 뭐래도 골프를 좋아하는 사람은 정말 못 말리는가 보다. 골프치는 사람치고 홀인원 한 번 해보고 싶지 않은 이 없고 어쩌다 홀인원 한 번 했다 하면 시끌벅적 난리가 난다. 그 호들갑이란 낚시꾼 월척에 비할 바가 아닐 듯싶다.

골프를 하는 어떤 분이 어쩌다 홀인원을 한 번 하고 나더니 그때부터 입에서 홀인원 타령이 떠나지 않는 것이다. 낚시꾼들이야 놓친 고기가 더 크다고 허풍을 떤다지만 이분은 놓친 고기도 아닌데 보는 사람마다 붙들고 홀인원 자랑을 하는 바람에 많은 사람들이 지루한 얘기를 듣느라 곤욕을 치른다는 것이다.

그중에서도 제일 따분한 것이 집안 식구들인데 특히 마나님은 귀가 따갑도록 하고 한 얘기를 듣고, 또 들어줘야 하는 고역을 치른 것이다. 그 집에 그날 저녁 누가 꽃다발과 예쁜 카드 한 장을 보내왔는데 거기에 이렇게 적혀 있었다.

"위로와 격려의 말씀을 드립니다. 저도 잘 알거든요. 부디 인내심을 기르십시오. 홀인원이란 게 또 나오기야 하겠습니까."

골프광의 심성을 잘 아는 어느 친구가 인사겸 위로삼아 안부를 전한 것이다. 한번 골프에 맛을 들이면 손 빼기가 쉽지 않은 모양이지만 참을 땐 좀 참을 줄 아는 미덕도 가져야겠다.

인디언들이야 포장마차만 보면 습격을 한다지만 잔디밭에 홀 같은 것만 있다하면 꼭 공을 넣어야 직성이 풀리는 이들에게도 문제가 있다면 있는 것이다. "초원에 백구를 날리는 게 무슨 죄야? 하늘을 우러러 한 점 부끄럼 없다."고 호연지기를 부릴지도 모르지만 그저 넓지 않은 한국의 하늘을 함께 우러러 보는 눈동자들이 적잖이 많다는 사실도 생각해 볼 필요가 있다.

"남 골프 치는데 괜히 이러쿵저러쿵 하지 말고 너도 해 보고 싶으면 해봐, 이거 재미있다구."

글쎄 골프야 무슨 잘못이 있겠는가? 가진 게 돈 밖에 없는 죄로 골프 좀 치기로서니 그게 무슨 큰 죄인가. 아무리 골프가 말 많기로서니 심판대에 오르기는 좀 무리다. 골프는 골프다. 골프를 말 많게 하는 이들이 잘못이다. 골프는 그야말로 점잖게 칠 일이다.

신선한 생선은 날로도 먹지 않는가? 상한 생선이 냄새를 풍긴다. 골프장에서 냄새가 나는 것은 뭔가 상한 것들이 많기 때문이다.

음악과 정치

대화와 타협의 정치……. 그것은 음악에 있어서 아름다운 하모니와 같다. 음악 그 자체는 사람의 마음을 감동시키는데 있어 양의 동서가 따로 없다. 정치에 있어서도 대통령 중심제의 미국이나 의원내각제의 영국이나 정치가 국민을 위해 있는 것이라는 근본 목적에는 다를 바가 없듯이 말이다.

정치는 소수 재벌만을 위해서나 극소수 권력층의 부의 증진만을 위해서 존재하는 것은 아니다. 고층 아파트가 즐비한 바로 그 앞쪽에 서민의 고통이 있다는 사실도 알아야 할 것이다.

음악을 통해서 우리는 정신을 순화시켜 조화롭고 운치 있는 생활을 함은 물론 건전한 사회를 육성해야 한다. 정치도 이와 다를 것이 없다. 음을 통해서 오케스트라의 지휘자나 단원(정치인)들은 객석에 앉아있는 관객(국민)에게 감동을 주어야 할 것이다.

요즈음 세계 유수 오케스트라의 연주를 안방에서 쉽게 감상할 수 있지만 아무래도 음악은 공연장에서 직접 감상하는 게 제격이다. 정치가 장외가 아니라 국회라는 장에서 국민을 상대로 하는 정치여야 하듯이 말이다. 이제 우리도 밀실에서 문 잠그고 하는 정치는 종지부를 찍어야 한다.

음악은 〈조화〉다. 협주곡을 연주할 때 지휘자와 협연자, 그리고 오케스트라 단원은 한 몸 한 뜻이 되어야 한다. 그래야만 청중에 감동을 줄 수 있을 것이고, 그들은 비싼 입장료를 아까워하지 않을 것이다.

정치도 마찬가지다. 관객(국민)을 생각지 않고 지휘자나 단원(정치인)들끼리 부정적 협상이나 불협화를 만들어 낼 때 연주장은 텅 빌(정치적 무관심) 것이고 설사 연주장에 찾아온 관일지라도 그들이 지불한 입장료(세금)를 아까워 할 것이다.

이제 이 시대의 여 · 야는 지금까지의 정국 운영 방식을 버리고 진실로 민주적이고 깨끗한 정치, 조화 있고 세련된 테크닉을 발휘해 보다 우아한 정치를 해나간다면 국민의 기대에 결코 빗나가지 않을 것이다. 그것은 오직 대화와 협상, 타협과 조정, 비리와 부패의 척결을 통해서 만이 가능하다.

정치인들은 국민들이 그들의 행동 하나 하나를 주시하고 있다는 것을 명심하고 불협화음을 내지 않도록 최선을 다 해야 할 것은 물론 아울러 명연주를 들려주어야 할 것이다.

이 시대의 새로운 대한민국이라는 관객이 감동할 수 있는 음악으로······.

음악과 스포츠

요즘은 야구 경기장에도 여성 팬이 꽤 많이 찾아오고 있다. 야구 경기란 정적이면서도 다이내믹한 맛이 있고, 예기치 못할 경기의 흐름이 아주 드라마틱해서 여성들도 한 번 맛을 들이면 그 매력에 흠뻑 빠져드는 것이다.

음식을 잘 한다는 어느 조그마한 식당에 손님이 몰리는 이유도 그 음식 맛에 있는 것이다. 야구도 그렇거니와 요리나 음악도 그러하다. 음악에도 맛이 있고, 그 맛에 끌려 좋아하는 음악에 빠져드는 것이다.

어느 날 야구 경기장에서 유난히 큰 소리로 떠드는 중년여성이 눈에 띄었다. 원래 야구는 떠드는 맛에 경기를 하고 관전을 한다고 한다. 그러고 보면 소리가 한 몫을 하는 경기가 야구이기도 하다. 야구 경기는 특히 주심의 역할이 중요한데 그 주심의 판정에 대해 불만이 많다. 심판은 신이 아니고 인간이기 때문에 오심도 있을 수 있으려니와 설사 오심이 아니라 해도 그 판정으로 불리해진 편에서는 불만을 갖게 마련이다. 그래서 야구장에서는 자주 "심판 죽여라"하는 소리가 나오곤 한다.

사람을 죽이라니 웬 살벌한 얘기냐 하겠지만 경기장에서는 흔히 듣는 소리다. 설마 "죽이자"한다고 도류이야 내겠는가. 말이 그렇다는 얘기겠지.

마치 이태리 야외음악당에서 오페라 공연 중에 아리아를 부르는 주인공이 컨디션이 나빠 실수를 하든지 제대로 클라이맥스에서 소리를 내지 못할 때에 관중들이 나가라고 외치는 것과도 정말 흡사하다.

아까 얘기를 하다 말았지만 남달리 눈에 띄는 그 중년여성은 "심판 죽여라" 하고 외쳐 대고 있었다. 그러자 옆에 앉아 있던 청년이 물었다.

"아니 저 심판은 별로 잘못한 게 없어 보이는데 왜 그렇게 미워하시는 거죠?"

"저 심판요? 저이는 제 남편이란 말예요. 아, 글쎄 어젯밤 늦게 들어왔는데 보니까 와이셔츠에 립스틱이 묻었더라고요. 심판 죽여라~"

인생살이를 만화경이라 하겠지만 스포츠의 세계도 희한하고 재미있다. 조용히 시작해서 격렬한 싸움을 치르고 그리고 극적으로 끝을 맺기도 한다.

음악의 세계에서 스포츠를 소재로 한 것은 거의 없다. 그런데도 어찌 보면 음악의 세계와 스포츠의 세계는 동질성을 가지고 있다.

음악은 인생이며 스포츠도 인생이다. 따져보면 그 형식의 유사성도 충실히 인정을 해볼만 한데다 우리의 인생 그 자체를 표출해낸다는 점에서 음악과 스포츠는 맥락을 같이 하는 것이다.

음악 속에서 스포츠의 그 격정적인 드라마를 읽어내는 것도 무척
재미있는 일이다.

야구장

음악과 유머

사람 사는데 꼭 필요한 것이 유머다. 하기야 유머란 게 없다고 해서 숨 잘 쉬던 사람이 질식해 죽는 것도 아니요, 잘 먹던 음식이 목에 걸려 급사할 일도 아닌 바엔 유머란 걸 그리 중요하다고 감싸고 돌게 뭐냐 하는 얘기가 나올 법도 하다.

음악이란 것도 마찬가지다. 이 세상에 음악이 없다고 지구가 하루아침에 정지되는 것도 아니요, 어제 뜨던 해가 오늘따라 쉴 리도 없을 것이다.

그런데도 음악 없는 세상, 유머 없는 삶이란 페티 빠진 햄버거 같아서 왠지 싱겁고 별 재미도 없다는 얘기다.

유머는 생활의 활력소다. 음악은 인생을 인생답게 만드는 삶의 영양소다. 그런데도 또 묘한 것은 유머와 음악 간의 상관관계가 상당히 소원하다는 것이다.

비극의 제왕 셰익스피어의 작품만 해도 그 가슴 저미는 비극 속에 그것이 비극이면서도 유머와 재치가 번득이고 있다. 그런데 우리의 음악 속에는 얼마만큼의 유머가 담겨 있을까?

요즘 젊은이들의 유머 시리즈에는 뭐든지 없는 게 없다지만 그 중에 음악과 관련 있는 것이라고는 노래 시리즈 몇 가지에 불과하다.

예를 들어보자

오래 전 노래 라디오에서 나오는 〈New Kids On The Block〉의
〈Step by Step〉이란 곡을 들은 젊은이가 그거 괜찮다 싶어서 제목과
가수이름을 수첩에 적어 놓았다.

제목 : Step by Step
가수 : N.K.O.B.(이름이 길어서 약자로 써 놓았다.)
이 청년이 어느 날 데이트를 하는데 마침 이곡이 흘러 나왔다
여자 : "가끔 듣던 곡인데 제목이 뭐죠?"
청년 : (수첩을 펴보며) "스텝 바이 스텝인데요."
여자 : "누가 불렀죠?"
청년 : "음 N.K.O.B라……. 남궁옥분이군요."

이런 얘기도 있다.

바그너의 곡을 듣고 싶어서 레코드 방엘 들렀다.
여점원 : "뭘 찾으시나요?"
청년 : "바그너 있나요?"
여점원 : "(한참 찾더니) 박은옥은 없고, 채은옥은 있는데요."

바그너를 박은옥으로 들은 모양이다. 박은옥은 알아도 바그너는
모른다는 얘기다. 사람 사는데 유머는 있는데 음악이 없어서도 안
되고, 음악은 있는데 유머가 없어서도 안 된다. 물론 음악이 없고 유

머도 없다면 그건 가장 삭막한 감옥에 사는 것과 마찬가지다. 많은 사람들이 음악 속에서 유머를 찾기란 꽤나 어려운 것으로 안다. 그건 선입관일 뿐이다.

지극히 평범한 음식 속에 짠맛, 단맛, 신맛, 매운맛 등 갖가지 맛이 섞여 있게 마련이다. 음악 속에도 번득이는 재치와 유머가 담겨져 있다. 그것을 읽고 알아내는 열쇠는 음악을 사랑하고 얼마나 많이 접근하느냐 하는 데에 있다.

모차르트를 들어보자. 얼마나 훌륭한 유머가 담겨 있는가? 그는 천성이 쾌활하고 낙천적이어서 그의 음악 또한 경쾌하고 재치가 넘치기 때문에 음악 요법에도 많이 사용된다.

또한 오페라에서는 내용자체가 희극적이기도 해서 유머러스한 요소가 많다, 〈속은 신랑(Lo Sposo Deluso)〉, 〈피가로의 결혼(Le Nozze de Figaro)〉, 〈여자는 다 그래(Cosifan Tutte)〉, 〈카이로의 거위(L'oca del Cairo)〉, 〈극장지배인(Del Schauspiel Direktor)〉 등을 그 예로 들만 하다. 메노티의 〈노처녀와 도둑(The Old Maid and The Thief)〉 이나 뒤카의 교향시 〈마술사의 제자〉 등도 해학적이다. 대본의 유머러스한 내용이야 제쳐 놓더라도 기악곡 안에서 악기의 종류에 따라 작곡의 유머러스한 기교를 부릴 수 있고 리듬에서도 재기 넘치는 위트를 찾아 볼 수 있는 것이다.

단지 음악은 아무리 유머러스해도 폭소를 자아내지 않을 뿐이다. 그러나 듣는 이로 하여금 시종 미소를 띠게 하는 음악이 적지 않다. 그것이 음악의 유머다.

가곡을 사랑해야 하는 이유

사회를 구성하는데 필요한 여러 가지 요건 중에도 음악은 항상 우리의 생활과 더불어 존재하며 우리 삶을 더욱 의미 있고 풍부하게 해준다.

그런데 현대사회는 컴퓨터의 발달로 사회 전반의 편의주의가 우리의 정서를 해치고 있다. 그렇다 보니 옛것으로부터 이어지는 예술문화보다 감각적인 외국 대중 예술의 물결 속에서 잠식돼 소중한 것을 잃어가고 있다.

오늘날 문화적 개념은 자칫 현대예술을 대변하는 양 하면서 추한 악의 표현도 예술이요, 사탄을 신봉하는 것도 종교라는 합리화가 앞장서고 있다. 특히 컴퓨터 게임으로 인해 죽이고 살리는 일이 일관되고 있다. 이렇게 물들여진 청소년은 죄의식의 기준이 무너지고, 도덕적 양심도 둔화되어 범죄가 판을 치는 실로 심각한 상태로 사회가 변해가고 있다.

이러한 상황에서 아름답고 꿈이 있는 시로 작곡되어진 아름다운 가곡을 들으며 가슴에 두는 것은 우리의 고향과 같은 우리정서의 본향을 찾는 일이라 하겠다. 가곡들을 즐기고 부르는 행위는 정신의 건강은 물론이려니와 육체의 건강도 만들어 준다는 것이 이미 의학적으로도 규명되었다. 이미 음악치료라는 분야의 학문이 생겨나기도 했다.

국영방송과 민영방송에서 이미 자취를 감춘 가곡 프로그램을 다시 찾아야 한다. 그것은 청소년은 물론 우리들이 많이 사랑하지 않기 때문에 사라지는 것이다.

가곡은 부르기가 어렵고 난해한 것이 아니다. "대악(大樂)은 필이(必易)요, 대례(大禮)는 필간(必澗)"이라는 공자의 말대로 쉽고도 아름다운 음악을 만들어내야 한다. 이러한 곡을 즐겨 부르고 노래하는 일은 이 사회를 진정 아름답고 풍성하게 만들며, 또한 바르게 바꾸어 놓는 묘약이 되리라고 믿는다.

가곡 공연장에서 필자의 해설

photo by - k, j Le

우이독경(牛耳讀經) 이라니요...

우이독경이라니요?

우이독경(牛耳讀經), 마이동풍(馬耳東風), 대우탄금(對牛彈琴)이란 고사성어들을 우리는 익히 알고 있다. 남의 이야기나 의견들이 조금도 통하지 않을 뿐더러 귀담아 듣지 않고 그냥 흘러버림을 일컫는 말이다. 이런 모두가 동물들에게는 얘기가 통할 수 없는 상황을 비유해 온 말이다.

몇 년 전 일이다. 추운 겨울 아랫동네 어느 주택에서는 겨우내 묶어 두고 주인이 어디론가 간 콜리견은 추위와 배고픔에 목에 피가 나도록 목줄을 끊고 결국 탈출을 하고 우리 집으로 왔다. 콜리견이 살던 빈집의 찌그러진 물그릇엔 물이 꽁꽁 얼어있었다. 아마도 콜리견 생각엔 우리 집에 오면 먹을 것을 줄 것 같았나보다. 눈에는 안질이 생겨서 빨갛게 충혈되어 있었다. 더운 물과 사료를 주고 견 안약을 넣어주고 우리 집 임시 식구가 되었다.

어느 날 콜리의 여자 친구 시베리아 허스키도 함께 따라왔다. 허스키견도 또한 목줄이 중간에 끊어진 걸 보니 어느 별장에다 묶어두고 주인이 오지 않아서 탈출한 같은 신세의 개인 것 같았다. 그 당시 눈도 많이 내렸고 기후상태가 좋지 않은 날이 계속되었다.

허스키견(후에 TV 드라마에서 임신하고 쫓겨 난 주인공 금순이의 처지와 같아서 〈금순이〉로 부르기로 했다) 역시 배가 좀 부른 듯하지만 임신한 줄은 몰랐다.

추위에 불쌍하기도 해서 보살펴 주니까 이 허스키견도 우리 집이 자기 집인 양 한 동안 함께 지냈다. 아마도 이 집에 있으면 밥도 주고 물도 줄 것 같아서인지 문을 열어놓아도 나가지를 않는다.

이 동네는 전원 동네이다. 몇몇 집은 별장처럼 사용하는 주택이다. 콜리견은 집을 아니까 나중에 주인이 오면 돌려보낼 수 있지만 나중에 온 금순이 집은 어디인지 하루는 걱정도 되고 오해가 될까 부담도 되어 차에 태워 주택이 운집해 있는 가까운 동네로 데려다 놓고 금순이가 자기네 집을 찾아 가도록 두고 와도 밤엔 찾아와서 아예 업둥이로 살고 있다.

어느새 봄이 돌아왔다. 어느 날 앞산에 석양이 지는 저녁에 금순이를 불렀다. 영리한 금순이는 나만이 부르는 이름을 금세 알아차리고 적응을 한다.

"금순아~~~" 하고 부르니 내가 부른 음의 패턴을 따라 "우~우~우~~~" 하며 노래를 부르는 게 아닌가. 그래서 다시 한 번 더욱 멜로디 적으로 "금~순~아~~" 하니 우~우~우~~ 더욱 크게 따라한다. 얘는 음악성을 타고났는지 내가 부르는 음률을 그대로 흉내 내면서 주거니 받거니 잘 따라 부른다. 정말로 누가 보아도 개와 사람의 이중창이다. 그때 붉게 넘어가는 석양은 배경을 만들어 주어 〈석양 속에 이중창〉이 흐른다. 석양은 자연의 무대로 손색이 없다. 이것에 재미 들려 하루에 한 차례씩 이중창은 계속 되었다.

금순이는 정말 배가 부르기 시작했다. 두 달 후 쯤 외출하고 집에 오니 미리 준비해 놓은 커다란 견사에서 금순이는 새끼를 낳았다. 우선 네다섯 마리의 아가 새끼들의 모습이 보였다. 견사 바닥은 여기저기 젖어있고 금순이의 산고가 짐작이 갔다. 살살 카펫을 거두고 새 담요로 시트를 깔아주니 내 마음도 개운하고, 아기 새끼들은 바닥이 포근하니 엄마 품으로 잘도 기어오른다.

조금 있으니 또 아가가 태어났다. 모두 몇 마리일지 아직 알 수가 없다. 저 아가들을 젖을 먹이며 일일이 핥아서 깨끗하고도 반지르르하게 씻겨놓은 어미 금순이는 마치 이제껏 아가들을 낳고 길러 온 것처럼 능숙하게 잘 보살피며 처리도 잘 해 주는 것이다.

저런 능력을 주는 힘! 조물주님은 정말 얼마나 바쁘실까? 세상에 존재하는 모든 생명들을 관리하시기에……. 그런 모습에서 신비함과 경이로움, 헤아릴 수 없는 수많은 힘을 느끼게 된다.

금순이를 다정하게 부를 때 동물인 금순이도 사랑의 언어가 전이된 듯 그의 특유의 발성으로 노래한 것이다, 그것은 노래가 아니라 사랑의 음성으로 화답한 것이다.

우리는 이 사회를 밝고 맑게 하기 위하여 아름다운 노래를 부르며 정서의 순화를 위해서 열심히 노래를 배우며, 듣고, 더 나아가서 아름다운 가곡 부르기 운동도 하고 있다.

"우이독경이라니요? 사랑의 음성은 모든 생명은 다 알아듣습니다. 따라서 미워하는 음성도 다 알아듣지요."

만물의 영장인 사람들의 감성을 통해 아름다운 사랑의 노래를 부

르며, 듣고 하는 것 못지않게 동물들의 생명을 귀중히 여기고 사랑
하는 그 마음에서도 기적과 같은 정신순화, 더 나아가서 우리는 육
체의 치유를 얻을 수 있는 큰 선물을 받기도 한다.

모든 사랑의 힘은 정말 놀라운 일이 아닐까…….

숲과 강

그대 영혼의 상처를 위하여

사람들은 사랑하는 사람들에게 꽃을 선물한다. 꽃은 아름답지만 그 가녀린 생명력은 자신의 아름다움을 오래 지켜내지 못한다. 따라서 상품으로서의 가치를 따지자면 꽃은 별게 아니다. 한 장의 극장표나 전철 토큰만큼도 소용이 닿지 않는 게 꽃이다. 그럼에도 사람들은 꽃을 선사하고, 또 즐거운 마음으로 받는다. 받는 이가 즐거워하지 않는데도 꽃을 선사하는 이가 있다면 그것은 머리가 모자라는 사람이거나 짓궂은 사람일 것이다.

사랑하는 사람에게 주는 선물은 그 무엇보다 값진 것이어야 하는데 그것이 바로 꽃인 것이다. 그렇다면 꽃은 그 무엇보다 가장 값지다는 얘기가 된다.

꽃이 무엇 때문에 그렇게 값지다는 것일까? 상품으로서 별것 아닌 꽃이 그토록 소중한 가치를 지니게 되는 것은 꽃에 사람의 정성과 사랑을 담기 때문이다. 꽃이 지닌 아름다움과 향기처럼 꽃을 보내는 사람의 심성이 아름답고 값진 것이다. 영혼을 살찌게 하는 것, 영혼을 기쁘게 하는 것, 그것보다 더 좋은 것이 어디 있겠는가?

사람은 육체의 아주 작은 부위에 손상을 입어도 큰 고통을 받는다. 상처는 아픈 법이다. 하지만 영혼의 손상은 말할 수 없이 큰 상처와 고통을 남긴다. 영혼의 상처는 쉽게 아물지 않으며, 그 고통은 그 어떤 약으로도 진정되지 않는다.

혹심한 아픔을 견디지 못해 아예 목숨을 끊어 버리는 경우도 있다. 하지만 사람은 누구나 영혼의 상처를 받게 마련이다. 용케도 그것을 피해가는 사람이 있을지도 모르지만 그런 삶은 평범해서 인생의 참맛을 모르리라.

영혼의 큰 기쁨은 사람을 사랑하는 것인데 그런가 하면 많은 사람이 사랑하는 사람을 잃는 아픔을 경험하게 된다.

어느 과일나무도 꽃을 피운 수만큼 똑같은 열매를 맺을 수 없듯이 사람도 영혼의 상처를 감내하며 살지 않을 수가 없다. 지금도 수많은 사람들이 가슴을 앓고 있을 것이다. 그대 영혼의 아픈 상처를 위하여 당신은 무엇을 해야 하는가?

영혼의 아픈 상처를 지닌 이들은 부드러운 위로를 기다린다. 그러나 그것은 꿈이나 이상처럼 손에 잡기가 어려운 것이다. 내 영혼의 상처를 줄이고, 그 아픔의 의미를 알려면 미래의 추억들에 투자를 해야 할 것이다.

셰익스피어는 영혼의 고통에 대해 "큰 고통이 작은 고통을 위로한다."고 했다. 영혼의 상처도 결국은 시간을 타고 아물게 되고, 육체의 상처처럼 고통 없는 상흔(傷痕)을 남기게 마련이다. 아픔의 과거가 지나고 나면 미래에서는 자신이 생기는 법이다. 우리들의 지난 아픔을 미래에서는 웃어 볼만한 유머로 바꿔 놓을 수가 있기 때문이다.

다른 사람들을 위해 자기 시간을 내는 그런 친절 같은 것들과 이런 저런 인정의 조각들이 한데 어울려 아름다운 추억을 이루는 것인데 그런 추억들은 과거에만 있는 것이 아니라 미래에도 있는 것이다.

음악도 바로 그러한 것이다.

과거에 아름다웠던 음악이 과거에 묻혀 버리지만은 않는다. 음악은 과거에 존재했고, 현재에도 똑같이 연주되고 있으며, 미래에도 그대로 재연되는 것이다.

어제 사랑하는 이들로부터 꽃을 받았다면 미래에도 아름다운 꽃은 똑같이 존재한다. 오늘의 아픔을 위해 미래의 아름다운 추억을 앞당겨 갖는 것도 영혼을 위로하며 풍성케 하는 비결이다.

그대의 상처받은 영혼을 위해 미래에 있을 아름다운 것들을 생각해 보라. 영원한 생명력의 꽃과 음악 같은 것들을…

내 인생은 그 꽃과 음악보다도 더 아름다운 것이다.

To Be Or Not To Be

셰익스피어의 명구 중 하나인 "To be or not to be? That is the question."은 풀이하기에 따라 그야말로 문젯거리가 된다. 'To be'와 'not to be'의 차이는 'not' 하나뿐이다. 이 'not'을 놓고 극중의 햄릿은 그렇게 고민하는 것이다. 고민한다는 것은 사람의 특성이다. 이 'not'이란 브레이크가 없다면 사람은 막되고 마는 것이다. 이것을 〈막가는 인생〉이라고 한다.

요즘 젊은이들이 좋아하는 음악 중에 댄스음악이 있다. 음악과 랩이 곁들인 이 춤을 익살스럽게 〈엉거주춤〉이라고도 하고 또 〈우선멈춤〉이라고도 한다. 끝에 〈춤〉자가 붙은 말을 골라서 재미있게 빗댄 것이다. 하지만 엉거주춤이건 우선멈춤이건 그 공통점이 'stop'이라는 브레이크가 걸려있단 사실이다.

우리 삶에는 언제나 'not'이란 브레이크가 작용하고 있다. 그 조절작용이 매우 중요하다는 사실을 우리는 미처 깨닫지 못하고 있을 뿐이다. 우리 삶에 더러는 'not'이란 절제가 너무 지나치게 작용하는 수도 있다. 그 역시 잘못되고 있음이 분명하다. 더러는 중병에 걸려 꺼져가는 자신의 생명을 지켜보면서 크게 좌절하는 사람도 있다.

"오늘 밤이 내 생애의 마지막 밤이 되지 않을까?" 걱정하는 이도 있고, 사랑하는 사람을 잃고 세상의 끝인 양 비탄에 잠겨 더할 수 없이 아픈 가슴을 앓는 이들도 있다. 그럴 때 눈을 들어 어둠이 장막을 내린 창밖을 내다보라.

하늘에 두둥실 떠있는 보름달에서 하얀 달빛이 쏟아져 내리고 있다. 온 세상이 은빛으로 빛나고, 그 빛 사이로 도시의 네온이 보석처럼 반짝이고 있다. 미처 못 본 세상이다.

일상 속에서의 밤의 아름다움을 느끼기는 쉽지 않지만 더러 창밖을 내다보고 그 황홀한 발견에 찬탄을 발하게 되는 수도 있다. 조용한 달빛과 도시의 야릇한 향기가 좌절하고 있는 사람들에게 얼마간의 위안을 주는 것이다.

바로 이럴 때 사람들은 'to be'의 중요함을 깨닫게 된다. 'to be' 즉, 산다는 것은 바로 '존재함'의 가치이다.

세상은 무수한 가치들의 존재로 가득하다. 그 값진 존재 중의 하나가 음악이다. 그리고 그 음악을 향유한다는 것은 새로운 존재와 가치의 탄생을 의미한다. 음악을 들으며 삶의 가치를 확인한다는 것은 참 행복한 일이다. 음악이 있으면 〈To be or not to be〉를 걱정할 필요가 없다.

음악처럼 살자!

To be or not to be

꿈과 환상은 창조를 예비한다

도시는 삭막해서 어떤 때는 도무지 견디기 어려울 때가 있다. 그래도 6월의 어느 길목에선 다소간의 마음의 위안을 얻어 봄직도 하다. 차량의 홍수를 벗어나 어느 한적한 주택가 골목길을 접어들면 담 너머로 손짓하는 넝쿨장미들이 문득 눈물겹게 고마울 때가 있다.

이집 뜰에 이제 목련이 진 지는 이미 오래고, 리라꽃도 등꽃도 져 버리고 나면 저 꽃들의 여왕 장미가 색색으로 흐드러지게 피어 있을 것이다. 이 도시의 잡 향과 이 한적한 주택가의 서정을 나는 고루 사랑한다. 그밖에 모든 것을 사랑하다. 더욱 고독을 사랑한다.

창작하는 사람들에게는 그 창작의 희열만큼의, 아니 그 이상의 고독의 그림자가 따라다니게 마련이다. 그냥 그런 일상 속에서 항상 환상과 꿈을 좇는 창작생활, 거기에는 늘 고독이 따르게 마련이고, 그 고독을 통해서 만나는 많은 것들과 끊임없이 대화를 해야 한다.

그 대화를 통해서 남들이 볼 수 없는 것을 보며, 남들이 들을 수 없는 소리를 들어야 한다. 그리고 그 속에서 한줄기 빛을 보는 값진 희열을 잡고 이를 창작과 연결시켜야 한다. 고독 속에서 위대한 꿈은 탄생한다.

달리는 자동차 속에서, 시끄러운 장터에서, 어렸을 적 소꿉놀이 하던 옛 동네의 낮은 담 골목길 모퉁이를 돌아 서면서, 창밖을 뚫고 들어오는 햇빛줄기 속의 먼지 알맹이들에서, 한적한 여름날 오후 창문

밖에서 멀리 들려오는 행상소리에서 우리는 꿈의 조각들, '창조의 의지'들을 발견하게 된다.

깊은 겨울밤 은은히 들려오는 개 짖는 소리와 어렸을 적 청아한 다듬이 소리와 곡마단의 애절한 나팔소리의 향수에서, 환상적인 그림과 시 속에서, 한가한 때 코스모스 핀 가을 뜨락 하늘 높이 사라져가는 비행기 소리에서 쏟아지는 영롱한 빛의 꿈 줄기가 나를 비춘다. 이때 비로소 새롭고 황홀한 생각들이 순간적으로 파노라마처럼 피어나는 것이다.

이런 꿈의 날개의 깃에 끌려 높이 날아가는 순간이면 나는 시의 세계, 환상적인 상상의 세계, 그림의 세계 속으로 여행을 한다.

오늘날 우리의 도시공간은 기계와 콘크리트와 그리고 오물과 소음으로 뒤범벅이 되어 우리의 정신생활에 균형을 지키기를 거부한다. 꿈 많은 소년 소녀들은 살인적인 입시경쟁 속에서 시들어가고 있다. 높은 경쟁을 뚫고 겨우 대학에 들어가 봐야 못다 한 꿈을 돌아보기도 전에 또다시 사회진출의 치열한 전장이 앞을 가로 막는다.

이처럼 복잡하고 피곤한 세상을 살아가려면 제 나름의 전문적 지식과 힘을 가져야 한다. 그러나 이런 세상일수록 절실히 요구되는 것은 우리의 정신을 지탱해주고 창조를 예비해주는 꿈인 것이다.

이 꿈이란 항용 젊은 세대가 갖기 쉬운 헛된 감상만은 아니다. 꿈은 위대하고 숭고한 것이다. 꿈속엔 어린이와 같은 천진함이 깃들여 있다. 약삭빠른 현실주의자들이나 세태에 찌든 위선자들과는 아무런 인연이 없다.

이 꿈은 아직 때 묻지 않고, 순진하며, 타락하지 않은 영혼들에게

만 주어지는 무상의 보화인 것이다.

　이러한 꿈을 갖고 사는 생활이 어리석고, 바보스러우며, 초라하게
보일 수도 있겠지만 이 고독하고 골똘한 나의 생활 속에서 얻어지
는 꿈의 편린들이야말로 끝내는 하나의 예술작품으로 여무는 시발
이 될 것이라는 생각에 미치면 실로 몸서리쳐지는 환희 속에 빠지는
것이다. 남들이 볼 수 없는 것을 보는 힘, 들을 수 없는 것을 듣는 힘,
그것은 모든 창조의 어머니이다.

위대한 예술도, 인류를 복되게 하는 발명도, 이들이 엮어나가는 문명도 그 시발은 환상과 꿈이란 것을 생각하면 신록을 바라보며 피어나는 나의 꿈은 얼마나 행복하고 값진 것인가!

겨울나무

내가 바라는 연주자

예술에 관련하고 있는 모든 사람은 생활과 사고와 환경 등 그 누리는 인생 전부가 예술과 결부되지 않는 것이 없을 것이다.

창작을 하는 사람들은 자기 주위에서 생성되는 모든 일과 경험, 그리고 깊은 사고를 통해 새로운 창작의 빛줄기를 발견하게 되고, 곧 그것을 창조적 행위로 옮기게 된다. 그러면 나의 경우와 같이 음이라는 재료를 가지고 창작하는 작곡가들은 어떠한가? 오선지 한 페이지 한 페이지에 자기의 예술혼을 불어 넣어 악보가 완성되면 이를 다시 정서해야 하고, 또 편성이 다른 각 연주자들의 파트대로 사보를 준비해야 한다.

지금까지의 과정은 대체로 작곡가 자신이 해야 한다. 작곡가들은 아무리 좋은 작품을 창작한다 해도 그것을 연주하기 전까지는 작품이 작품으로서의 제 구실을 다할 수가 없다. 즉 오선지 위에 정지되어 있는 모든 음들이 바로 연주자들의 연주에 의해서 살아 움직이는 생명을 얻어야 한다. 그 음들은 모두 살아서 우리 귀를 울려 주어야 하는 것이다.

그러기 위해서 연주자들에게 작품이 넘어가는데 창작자에겐 이럴 때 불안이 싹트게 된다. 행여 연주자들이 역부족이거나 또는 성의 없는 연습으로 작품을 살려내지 못하지 않을까 우려해서다. 물론 처음 대하는 작품이 난해하기도 하고, 또 새롭고 까다로운 연주기법을 요구함으로써 연주자에게 큰 부담을 주기도 한다.

더러는 작곡자들이 자신의 창의적 욕구에 따라 거의 불가능한 연주를 요구하는 경우도 없지 않다. 그러한 거리를 메우기 위해서도 창작자와 연주자는 협조적인 자세로 대화하고, 노력해 주는 자세가 절실히 요구된다. 더더욱 바라고 싶은 것은 연주자들은 테크닉의 전문성보다 작품에 대한 제2의 창작력을 표출할 수 있는 동반자가 되어달라는 것이다.

연주자나 비평가들은 작품의 경중을 저울질하기에 앞서 작품 자체에 대한 해석에 성실하고, 그 예술성을 아껴주는 마음가짐이 필요하다. 창작 없이 음악이 존재할 수 있을까?

사람이 살며 사랑하는 일도 이러한 음악의 기본구조와 맥락을 같이 한다. 살며 사랑하는 일이란 바로 한 인생의 예술이며, 창작이다. 그리고 같이 살아주며 사랑하는 이들은 바로 남의 작품을 연주하는 연주자들인 것이다. 부부간도 그렇고, 사랑하는 연인사이도 그러하며, 친구사이라 할지라도 한 사람의 곁에서 삶을 같이 하는 경우는 다른 사람의 작품을 연주해 주는 연주자와 같은 것이다.

좋은 연주를 해주지 않으면 작품을 버리게 되는 수도 있다. 테크닉을 앞세우기 이전에 성실히 서로를 보완하려는 마음가짐이 필요하다. 내가 당신을 사랑하고 아낀다면 내가 먼저 좋은 연주를 해야 한다.

"당신을 위해, 사랑하는 당신을 위해 나는 이 세상에서 가장 훌륭한 연주를 하고 싶습니다." 그렇게 기도를 해보자.

나의 인생만큼 훌륭한 창작품이 또 어디 있을까?

필자의 가곡을 열창하는 바리톤 송기창

등용문과 신인 음악도

중국의 후한 말(後漢末) 때의 일이다.

환제(桓帝)가 통치하던 시대는 환관들이 발호해 자못 그 횡포가 심했었다. 나라를 걱정하는 충신들이 불의에 항거하노라면 결국 얻는 것은 목숨을 잃는 것뿐이었다. 의로운 관료들이 핍박을 받고 있는 가운데 한 뛰어난 인물이 나타났으니 그가 이응(李膺)이었다

그는 기강이 해이하고, 도덕이 바닥에 떨어진 궁중에서도 항상 몸을 고결하게 유지했기 때문에 그의 명성이 차차 높아지게 됐으며, 드디어는 '천하의 모범은 이응'이라는 칭송을 받게 되었다.

그 후로 젊은 관료들은 이응을 존경한 나머지 그의 눈에 드는 것을 최대의 영광으로 알았으며, 이를 일컬어 '등용문'이라 하였다. 등용문(登龍門)이라는 말은 중국의 용문(龍門)이란 지명에서 유래했다고 한다.

용문이란 황하 상류에 위치한 골짜기 이름으로 어쩌나 물살이 센지 보통의 물고기는 이 골짜기를 거슬러 올라가지 못한다고 한다. 그래서 바다나 강에 사는 큰 고기들이 이 용문 밑에까지 와서 수천 마리가 떼 지어 다니면서도 용문을 거슬러 올라가지 못한다는 것이다. 그 중에 특출한 고기가 있어 이 용문을 뚫고 올라가기만 하면 즉시 용이 된다고 해서 등용문이란 말이 생기게 됐다.

그래서 온갖 시련과 난관을 극복하면서 성공의 기회를 잡는 것을 등용문이라 하는 것이다. 등용문이야 말로 통과가 어렵지만 한 번 통과만 했다 하면 일약 출세하는 중요한 관문인 것이다.

음악계에서는 해마다 새 봄을 음악으로 장식하고 음악으로 행진하기 위해 새봄의 예술행사를 갖는데 그중 비중이 큰 것이 〈신인 음악회〉다. 이 자리는 또한 대성을 바라보는 신인들의 등용문이 되기도 해서 더욱 관심을 갖게 한다.

예술이란 꾸준한 노력과 창조를 거듭해야 하는 사명을 지녔다. 이같이 새로운 창조성이 없는 음악은 죽은 예술이다. 그런 뜻에서 신성을 배출하는 신인 음악회는 해마다 발전되고 알찬 것이어야 할 것이다. 도덕적 윤리가 아니라 예술적 윤리는 이 같은 창조적인 도약을 요구한다. 그러므로 신인 음악회는 얼마나 창조적인 도약을 하는가에 따라 그 가치가 저울질 된다.

예술의 길은 결코 평탄하지 않다. 가장 경쟁이 심하면서도 험한 길이다.

사람들은 흔히 예술을 화려한 것으로 알기 쉽지만 이것처럼 냉철하고 엄숙한 것도 달리 없다. 바하는 음악을 종교로 보고, 일생동안 음악적인 경건주의를 지니고 살았었다.

신인들이 등용되는 음악회는 수많은 꽃다발과 박수갈채 속에 스타를 만들어 내지만 결코 그 화려한 멋에 이끌려서는 안 된다. 비록 등용문을 통과했다 할지라도 음악인에게는 끝없는 정진이 필요한 것이다.

 우리 민족은 〈음악민족〉이라고 할 만큼 어느 민족보다도 뛰어난 음악적 재능을 가지고 있다는 것도 참으로 감사할 일이다. 등용문 앞의 신인들을 더욱 격려하고 싶다.

등용문

내숭과 더듬수

　요즘 젊은 사람들이 많이 쓰는 말로 〈내숭〉이라는 것이 있는데 이 내숭의 참뜻은 무엇일까 싶어 국어사전을 찾아봤다.

　누가 자기의 속을 감추고 엉뚱한 짓을 할 때 우리는 '내숭 떤다'라고 하는데 사전에는 '겉으로는 부드러워 보이나 속은 엉큼함'으로 풀이돼 있다. 나는 내숭을 좋은 쪽으로만 이해하고 있었는데 사전의 풀이대로 그것이 엉큼한 것이라면 좋게만 보아 줄 것도 아니다.

　내숭이란 대개 여성의 경우에 많이 쓰는 말이지만 남성들에게는 이것과 좀 비슷한 데가 있는 말로 〈더듬수〉란 것이 있다. 이 더듬수란 게 참 묘해서 그 어정쩡한 술수에 걸려들면 사람들이 피해를 입게 마련이다. 더듬다라는 것은 원래 잘 보이지 않는 곳에서 손으로 이것저것을 만지거나 말하고 있는 것이 술술 내려가지 못하는 것을 일컫는 말이다. 이 더듬다라는 말에서 생겨난 더듬수라는 것은 더듬지 않아도 될 것을 일부러 더듬는 내숭을 지칭하는 말이다.

　이 더듬수가 가장 많이 등장하는 것이 정치판이나 도박판 같은 곳이다.

　속으로는 훤하면서도 일부러 어수룩한 척 수를 부려서 상대를 속이려 드는 것이 더듬수로 상대를 안심시켜 놓고 뒤통수를 치겠다는 속셈이다.

사람이 날카로우면 상대에게 경계심을 갖게 한다. 그래서 진짜 칼을 가지고 남을 해치려는 사람은 칼을 감추게 마련이다.

더듬수가 또한 잘 통하는 곳이 도박판인데 이것 또한 상대로 하여금 일단 마음을 놓게 한 뒤에 그야말로 〈일타 한방〉으로 상대의 것을 몽땅 먹어 버리는 것이다.

말하자면 더듬수란 고단수의 속임수인 것이다. 그러나 이 더듬수가 상대에게 피해를 주지 않고 단지 유머러스한 페인트 작전으로 그친다면 오히려 생활의 활력소로 받아들일 수도 있다.

내가 우연히 읽은 책 가운데 언론인이 쓴 정치 패러디 〈이거 웃기는 놈 아이가!〉라는 것이 있었다. 그 가운데 한 대목에서 나는 유쾌한 더듬수를 발견하고 왠지 기분이 좋아졌다.

〈대통령은 정직해〉란 얘기 토막이었다.

어느 대통령이 정계에서 은퇴한 후 고향에서 평화로운 나날을 보내고 있는데 밤늦게 집으로 전화가 왔다. 직업이 의사인 친구 세 명이 술집에서 기다리고 있다며 한잔 하러 나오라는 것이었다.

대통령이 영부인에게 말했다.

대통령 : 친구들이 급히 나오라는 구면.

영부인 : (의심스럽다는 듯) 아주 위급한 일이래요?

대통령 : 글쎄 지금 의사 세 명이 달라붙어 있다는구면.

수라는 것은 상대에게 이기기 위해서는 꼭 필요한 것이다. 바둑의 수가 바로 그렇다. 그런가 하면 좋은 작품을 만들기 위해서도 수가 필요하다.

　많은 독자를 둔 소설가일수록 사람들의 심리를 읽는 수가 뛰어나다. 문필가뿐만 아니라 미술가며, 음악가에게도 뛰어난 수가 필요한 것이다. 베토벤이나 모차르트의 관현악곡이나 베르디와 푸치니의 오페라에서도 우리는 기교상의 더듬수 같은 것을 읽을 수 있다. 극치를 향한 발전을 위해서 일부러 기교를 죽이는 고급기교를 더듬수라는 말로 풀이할 수도 있겠다.

　우리가 살면서 보다 유쾌한 삶을 원하고 예술적인 인생을 추구한다면 사는데 있어서의 〈수〉라는 것도 있어야 한다. 다만 그것이 아름답고 유쾌한 수여야만 할 것이다. 예술에 있어서의 고급한 수라는 것은 작품의 완성도를 높이는데 절대적인 것이다.

　우리의 완성도 높은 인생을 위해서 다들 아름다운 수를 가졌으면 좋겠다. 그리고 그 아름다운 수 중에서 가장 좋은 수는 사랑이 아닌가 싶다.

고사 성어

　고사 성어에는 옛 분들의 슬기가 담겨있다.

　요즘 정치하는 분들이 더러 고사 성어를 잘 응용해서 유행어를 만들기도 한다. 우리가 고사 성어를 처음 대하게 되는 것은 거의 교과서 속에서일 것이다.

　시험문제에 얼굴을 내미는 것이 고사 성어이므로 그래서 몇몇 유명한 것들을 우리가 일부러 공부를 해서 머릿속에 넣어두고 있는 것이다. 하지만 이 고물딱지 같은 거추장스러운 것들이 때로는 참 묘한 것이구나 하는 생각이 들 때가 있다.

　우리가 가끔 쓰는 말 가운데 〈불구대천의 원수〉라는 것이 있는데 이것은 원수 중의 가장 큰 원수를 일컫는 말이다. 원래 이 말은 중국의 〈예기〉〈곡례편〉에 나와 있는데 글자를 갖춰 쓰자면 〈불구대천지수〉(不俱戴天之讐)라 한다.

　이 책에서는 원수에 대해서 세 가지를 얘기하고 있는데 그 중 가장 큰 원수가 아버지의 원수이며, 그 다음이 형제의 원수, 그리고 세 번째가 친구의 원수로 돼 있다.

　요즘 극장의 스크린은 물론 안방의 비디오를 통해 큰 인기를 누리고 있는 중국 무협영화에 거의 빠짐없이 등장하는 것들이 바로 아버지의 원수를 갚고, 친구의 원수를 갚고 하는 것들이다.

이 원수를 갚는다는 것은 보복 자체에 의미가 있는 것이 아니라 당시의 도덕률에 따른 당연한 행위였던 것이다. 말하자면 인륜가운데 첫 번째가 부자관계다. 아버지를 해친 사람이면 자식 된 도리로서 그를 용납할 수 없었던 것이다.

불구대천이라 함은 하늘을 같이 머리에 이고 살 수 없다는 말이다. 하늘을 같이 이고 살 수 없다는 것은 둘 중에 하나가 죽거나 둘 다 죽어야만 가능한 일이다. 따라서 불구대천의 원수라 함은 반드시 목숨을 놓고 결판을 낸다는 얘기다.

현대에 사는 우리에게는 이 불구대천이란 말이 살벌하게 들릴 수도 있다. 해결 방법이 불구대천 밖에 없었겠느냐 하는 생각도 든다. 그러나 한 가지 분명하게 새겨 둘 일은 예나 지금이나 우리의 도덕률은 분명하다는 것이다. 자식의 도리를 다하는 것은 예나 지금이나 결코 다를 바 없겠지만 해결의 방법이 달랐던 것이다.

그러나 목숨을 빼앗고 또 잃는 복수만이 최선은 아니다. 사랑으로 해결할 수 있는 방법도 있다. 우리는 지금 정치 보복이란 말이 쉽게 입에 오르는 시대에 살면서 그 방법론을 생각해 보게 된다.

"마음 한번 고쳐먹으니 극락이 바로 예 있다"는 어느 분의 말처럼 복수의 방법을 사랑으로 바꿔보자. 음악이 흐르는 분위기 속에서라면 그것이 가능하지 않을까?

음악과 함께 머리를 식혀 가면서 불구 아닌 한 하늘 아래 함께 사는 구대천(俱戴天)의 의미를 되새겨 보자.

오페라와 화랑정신

오페라는 여느 음악형식과 달리 극적 전개를 내포하고 있다. 음악의 예술성과 접촉하는 것 말고도 극적 긴장감을 맛볼 수 있다는 데서 오페라는 특별한 가치를 더하고 있는 셈이다.

내가 작곡한 오페라 〈원술랑〉은 서울에서 아시안 게임 기념공연 등 이미 여러 차례에 걸쳐 무대에 올려졌다. 지방에서는 대전 EXPO '93, 경상남도 마산, 그리고 월드컵 기념 공연을 예술의 전당에서 가졌는데 특히 그 드라마성이 뛰어나다는 평을 받았다.

쉽게 말하면 "재미있다"는 표현이 그것인데 나도 그 점에서는 대본을 받아들었을 때부터 극적 감각이나 서정성이 어느 유명한 오페라에 뒤지지 않을 것이라는 생각이 들었다.

유치진 원작의 〈원술랑〉은 가장 한국적인 주제를 담고 있지만 그 심층에서 다루고 있는 것들은 눈부신 생의 열망이다. 이 작품은 인간의 가장 비극적인 운명 속에서 오히려 절망 아닌 사랑의 환희를 찾아내는 것으로 인생의 참된 가치를 정의하고 있다.

나는 처음 원술랑을 작곡할 때 우선 대본이 마음에 들었다. 그 주인공인 원술을 깊이 있게 이해하기 위해서 신라화랑에 대한 사상과 정신을 연구하고 역사적인 자료들을 모았을 뿐만 아니라 수차례에 걸쳐 경주에 내려가 〈과거의 현장〉에서 깊은 생각 속에서 그 당시의 시대를 여행하곤 했었다.

그런데 이렇게 조사를 하다 보니 또 한 가지 새삼 확인하게 된 것은 거의 대부분의 사람들이 화랑 원술에 대해서는 별다른 사항을 알지 못하고 있다는 사실이었다. 상식 퀴즈의 정답 식으로 얘기를 하자면 원술은 신라 김유신 장군의 아들로 당대에 가장 뛰어난 화랑도였으며, 문무왕의 부마(사위)가 될 귀공자였다.

그러나 그는 비극의 주인공이 되고 있다. 명문가의 자손일 뿐 아니라 가장 뛰어난 남성의 표본이었기 때문에 오히려 그는 남다른 운명의 벽에 부닥쳐야 했던 것이다. 비극의 시작은 그가 전쟁에 나가 패전한 뒤 목숨이 살아서 돌아오는 데서 시작된다.

사람에게서 가장 소중한 것은 목숨이다. 그러나 신라의 화랑에게 더 더욱 귀중한 것은 명예와 신의다. 그러므로 〈임전무퇴〉를 서약한 우두머리 화랑이 패전에도 불구하고 목숨이 살아있다는 것은 살되 죽은 것만도 못한 삶이 되는 것이다. 그래서 원술은 구차한 목숨을 빌어서 살고 있다.

"구차한 이 목숨!"

아무리 구차한 목숨일지언정 목숨은 고귀한 것이다. 원술은 그 목숨의 가치를 위해서 자신의 인생에 최선을 다하고 마침내 신의의 회복에 성공한다.

원술은 비극적 운명을 비극으로만 받아들이지 않고, 약속과 의리에 도전함으로써 인생의 가치가 무엇인가 하는 것을 끝내 증명한다. 그러나 원술은 〈화랑오계〉를 지키지 못한 자신을 죄인으로 여겨 끝내 태백산 협곡에서 죄인으로서 생을 마친다.

　오늘 개혁시대에 사는 우리들로서는 원술의 삶을 통해 더욱 많은 것을 생각하게 된다. 절대 권력을 추종하려면 거기에 상응한 책임과 의무를 짊어져야 한다. 그렇지 못하면 권력을 통해 부를 축적하고 행복을 추구하는데 성공했다 하더라도 소위 갑질 내지는, 여성 부하 직원을 비하하거나 우습게보고 추행하는 행위 등 그것은 끝내 실패한 인생으로 밝혀지고 만다.
　요즈음 미투 운동이 그나마 이 시대에 남녀 공동 참여 사회에서 균등한 인격과 균등한 영향력을 지니게 하는 것 같아 다행이다.

　진정 아름다운 삶이란 무엇일까?
　화랑 원술랑을 통해서 그 해답을 얻을 수도 있겠다.

오숙자의 오페라 '원술랑'의 한 장면

그리움이 강물처럼 흐르는 오후

　나는 창밖의 북한강을 바라보면서 그리움이 강물처럼 흐르는 화사한 오후를 회상하고 있었다.

　지금 내 귓결에 흐르는 음악이 드뷔시의 〈목신의 오후〉이다. 제대로 말하자면 〈목신의 오후에의 전주곡〉이라고 해야겠다. 이 〈목신의 오후〉는 19세기 프랑스의 상징파 시인 말라르메의 시를 바탕으로 쓴 것이다.

　말라르메는 드뷔시보다 스무 살이나 연장자였으나 둘은 친구처럼 깊은 교우를 맺었다. 한 쪽은 음악을, 또 한 쪽은 당대의 시를 사랑했으며, 서로의 재능을 존중했던 것이다.

　목신의 오후에의 전주곡은 플루트로 주요 테마가 연주되는 가운데 오보에와 클라리넷이 이를 발전시키며 하프가 가볍게 여운을 남긴다. 듣는 이에 따라 마치 여름날 가벼운 미풍이 나뭇잎을 스치고 가는 기분이라고 말하기도 한다.

　그러나 음악만으로 꼭 특정한 분위기가 지정되는 것은 아니다. 드뷔시의 〈목신의 오후〉는 악기의 편성이 관능적이며, 감미롭고 환상적일 수가 있다. 게다가 목신의 오후라는 표제가 붙어있다. 그래서 나도 이 곡을 들으면서 나른한 오후의 감상에 빠져드는 게 아닌가 싶다.

'오후'란 명료한 개념이 포함된 표제 자체가 선입관을 가져다주기도 하지만 하여튼 오후를 느끼게 하기에 어울리는 음악이다.

학창시절 명동입구인가, 지금 외환은행 옆쪽이든가에 있던 〈목신의 오후〉란 찻집이 기억난다. 그 이름만으로도 어쩐지 이끌려 들어가 볼까 말까 하는 생각이 들었었다.

중요한 일과는 대충 정리가 된 하루의 후반부, 당연한 권리 같은 작은 휴식이 곁들어져 있는 이 시간에는 그 감미로운 〈오후의 감상〉에 빠져 들기를 좋아하는 사람들도 많다. 지금 사랑을 하는 사람이라면 시리도록 투명한 그리움을 잡아보려고 살며시 눈을 감을지도 모르겠다.

그리움이 강물처럼 흐르는 오후 - 우리는 너도 나도 얼마나 찬란한 사랑의 아픔을 노래하고 있는가?
'왜 사랑하는 사람을 보내야만 했을까?'
그 사람은 그렇게 갔다. 내게서 무엇이 부족했을까? 나는 모른다. 그러나 그는 알 것이다. 그가 알아도 나는 더는 잘하기 어려웠을 것이다. 나는 나대로 최선을 다했기 때문이다.
만남이 운명이라면 떠남은 숙명인가 보다. 많은 사람들이 그렇게 만나고 그리고 헤어진다. 그 만남과 동반의 세월에서 추억은 쌓이고, 떠나면 남는 것은 그리움이다.

그리움이 강물처럼 흐르는 오후.

접혔던 과거가 펼쳐지며, 지난 꿈들이 연보라 빛으로 채색된다.
지금은 가슴이 아리지 않다.
숱한 아픔들의 세월은 아련한 그리움의 꽃들을 피우고는 이제 과
거로 자리 잡고 앉을 것이기 때문이다.

석양을 찍는 두 사람

저자와의
협약으로
인지생략

오숙자 수필집

강물처럼 흐르는 오후

초판인쇄 2018년 06월 15일 **초판발행** 2018년 06월 20일

지은이 **오숙자**
펴낸이 **이혜숙**   펴낸곳 **신세림출판사**
등록일 1991년 12월 24일 제2-1298호

우) 04559 서울특별시 중구 창경궁로 6, 702호(충무로5가, 부성빌딩)
전화 **02-2264-1972**
팩스 **02-2264-1973**
E-mail : shinselim72@hanmail.net

정가 **10,000원**

ISBN 978-89-5800-201-7, 03810

잘못된 책은 구입하신 서점에서 바꾸어 드립니다.

※ 본문에 들어간 사진은 저자(오숙자)분께서 주신것으로 신세림출판사와는 관련이 없습니다.